思想觀念的帶動者

文化現象的觀察者

本土經驗的整理者

生命故事的關懷者

靠左走

人間差事

鍾喬◎著

目錄

第二部：在天空下

第三部：大地紀行

【推薦序】

告別革命年代難以告別的革命

林克歡

上一世紀八〇年代初，鍾喬從台中負笈北上，到台北中國文化大學藝術研究所，師從姚一葦先生學習戲劇。大約也就在此前後，他登門拜訪知名左翼作家陳映真，系統接觸左翼革命理想與理論。從此，一生與戲劇及左翼結緣。革命的、抗爭的、為底層吶喊的左翼思潮，成了他生命的底色；詩與戲劇，成為他叩問歷史、質詢現實、爭取未來的戰鬥武器。

一九九六年底，鍾喬和他的伙伴們，在人間民眾劇團的基礎上，組建「差事劇團」。劇團名字借自陳映真發表於一九六七年的短篇小說《第一件差事》。在鍾喬和他的伙伴們看來，從事民眾戲劇，是他們的一種生活方式，是他們人生義不容辭的第一件「差事」。

在台灣，左翼戲劇有著悠久的歷史。二十世紀二〇年代，各地文化協會所倡導、推動的「文化劇」活動，是嚴酷的日據時代，青年知識分子宣傳群眾、動員群眾、爭取民族解放的利器，重要的代表人物有張深切、張維賢等人。前者於一九二五年發起組織「草屯炎峰青年演劇團」，寫有《接木花》、《暗地》、《論語博士》等多個劇本；後者是星光演劇研究會的核心人物，一九二七年七月成立無政府主義團體——孤魂聯盟，次年七月，被日本警方取締。

被稱為「早期左翼文學最引人注目的號手」的楊逵，三〇、四〇年代在寫作《送報伕》、《水牛》、《無醫村》、《模範村》等小說的同時，也發表了《豬哥仔伯》（一九三六年）、《父與子》（一九四二年）、《剿天狗》（一九四三年）等劇作，以樸實無華的筆觸，嘲諷盤剝民眾的日本殖民勢力與民族敗類，表達了深廣的人性憂思與社會關懷。

光復初期，百廢待興，然而國民黨接收大員貪腐顢頇，富商士紳圖謀私利，民怨聲浪日熾，遂釀成此後半個多世紀仍流血不止的歷史傷口——

一九四七年的二二八事件。此前不久，成立於一九四六年的「聖烽演劇研究會」在台北中山堂推出了台灣演劇史上第一部具有鮮明社會主義傾向的獨幕劇《壁》，生動地描述一壁之隔、貧富懸殊兩家人的悲歡兩重天，真切地呈現了時局錯亂、價值顛倒，感同身受地傳達了民眾生活艱難困苦、求告無門的愁悶與憤懣。劇作者簡國賢於二二八事件後投身台共所領導的武裝鬥爭，一九五四年四月十六日被槍殺於台北馬場町刑場，犧牲時年僅三十七歲。

在腥風血雨的白色恐怖年代，台灣左翼文藝遭到國民黨當局全面撲殺，瘖啞失聲三十餘年。直到八〇、九〇年代，左翼戲劇家再次將「演講／報告」引入戲劇演出之中，成為一種嶄新的戲劇形式——報告劇，先後演出了《幌馬車之歌》（一九八九年十月，編劇藍博洲、導演王墨林）、《射日的子孫》（一九九〇年十月，編劇藍博洲，導演黎煥雄）、《春祭》（一九九四年三月，編劇陳映真，導演鍾喬）……

從人間民眾劇團、民眾文化工作室，到差事劇團，台灣左翼戲劇完成了薪火相傳的重生與突破。近十年來，差事劇團的活動更遠遠地超出台灣本島的範圍，延伸到東亞、東南亞反強權、反壓迫、反殖民的民眾戲劇活動現場。多年來，鍾喬僕僕於途，奔走於台中九二一地震災區重建現場的石岡，北京五環外城鄉結合部的皮村，南韓光州事件死難者的墓園，日本「越後妻有」地區大地藝術祭所及的偏遠小村落……與各國、各地民眾戲劇工作者深入交往。

本書所記述的，正是鍾喬近二十年來的行跡、思緒與心路歷程，以及對同道者如王墨林、莫昭如、吳耀忠等人的深深思念與評析。

從學生時代至今，鍾喬珍藏、熟讀魯迅的散文詩集《野草》，尤其鍾愛其中的〈題辭〉、〈影的告別〉、〈過客〉緒篇。魯迅先生的作品蘊藉廣遠而深刻，讀魯有歷史／現實的、哲學的、藝術技法的……多種不同的角度與方法。然而，魯迅複雜糾結的現實體驗與深邃的人生哲理感悟，是渾然融徹的。剝離了他對生活遭際的獨特感受與對歷史現狀始終如一的關切，侈談魯迅對黑暗、對幻滅的本體論絕望與悲劇哲學，無異是炫玄浮議、談空說嘴。

作為一個極富詩人氣質的戲劇家，作為一個遠離「等待啟蒙或啟蒙他人者」的思想者，鍾喬讀懂魯迅，不是在幽靜的書齋，不是在知識生產的大學課堂，而是在下層民眾的鬥爭現場。從血肉殺奪的白色恐怖歲月，到如今這個所謂歷史終結的「告別革命」年代，其近乎癡頑的戰鬥精神，對殖民／後殖民的無情批判，在在都能見出魯迅的身影。

在一系列他所原創的劇作（《記憶的月台》、《海上旅館》、《霧中迷宮》、《子夜天使》……）中，人們一再與他所著力渲染的魔幻場景相遇，裡面有各種從歷史縫隙滲漏出來的邊緣記憶，有無數迷失在記憶之霧中的受難者的冤魂，不斷迴旋的夢境與交相滲透的回憶，充盈著魯迅式的信念與虛無彼此纏繞的多重悖論……

自然，影響鍾喬精神世界的，不獨魯迅，還有布萊希特（B·Brecht）、奧古斯都·波瓦（Augusto Boal）、陳映真等許多當代文學家和戲劇家，尤其是那在後革命、後工業的消費時代不改初衷的獨自遠行。

林克歡：戲劇學家。一九四一年生於香港，畢業於廣州暨南大學中文系。一九六五年加入中國青年藝術劇院，歷任文學部主任、院長及藝術總監等職。曾擔任中國戲劇文學學會名譽會長、中國話劇藝術研究會常務副會長等職務。

重返後街

鍾喬

二〇一二年初，冬寒近雪的日子，我來到北京。先是到外五環的「皮村」，去見從延安革命聖地出門打工，一晃眼就是七、八年的勞動者郝志喜，他是前一年劇團來此表演時認識的好友。

我和郝志喜在院子裡的那面壁畫前一起拍照，那是他們組織「工友之家」以來最典型的一幅壁畫。畫旁的牆上，大大的紅色字體寫著「勞動最光榮」。後來在相機上看到照片時，我不知怎地，覺得站在這五個紅字旁的自己，眉宇之間透露著某種煩惱和憂心。

是啊！這煩惱和憂心，貼在我凍冷的胸臆間良久。隨後，我和另一個叫做「木蘭花開」的女工團體進行了一日的戲劇工作坊，接著隔天到一位參加工作坊，稱自己是「開心果」的女工家裡拜訪。

走進她那只有兩張床、用薄木板隔開的窄仄住房，才知道她們一家四口離開重慶老家的田地，在北京大城裡流動打工也將近十年了。「開心果」熱熱鬧鬧地和我們一伙說了很多開心話。

她是樂觀的川妹子！午后和她話別，走去搭車的路上，喧騰的人聲、汽機車喇叭鬨鬧聲中，那煩惱和憂心依然揮之不去。

這段時日，回想著和他／她倆見面的種種，我便會湧起這樣的煩惱和憂心，這應該和早期閱讀到陳映真的第三世界文論，受到某種延續至今的啟發密切相關。

* * *

在我看來，陳映真談第三世界有兩個重點：

其一，在經濟上相對落後的區域，卻發展出驚人成績的美學思想及創作，特別表現在文學及電影上。

其二，這樣的文化創造性，通常被以北美為宰制核心的美國西方價值刻意忽視或湮滅，而置身其間的知識人、作家或文化人，卻又常不自覺的存在於這樣的情境中。

在我的想法裡，「第三世界」是全球邊陲的低度發展社會或國度，但國境或區域內部也會因不均等的發展，而出現第三世界化的景況。皮村或中國大陸境內三億流動打工者的處境，就是境內第三世界的寫照。這樣的情景，也出現在台灣的原住民身上，從一九八〇年代，台灣邁入經濟發展的軌道開始，直到三十年後的今天，表面上看似已沒那麼殘酷，本質上，底層的社會性質並未有太大的改變。

當我們閱讀陳映真〈對我而言的第三世界〉時，他以感性的筆觸描寫在美國愛荷華寫作工坊中，遇上來自東歐社會主義國家的作家，是那般地著迷美國好萊塢的電影；而他身旁的菲律賓詩人阿奎諾卻大肆批評道：「好萊塢電影就像鴉片一樣麻醉菲律賓人。」

陳映真也隨即加入批判好萊塢色情與暴力的行列。然而，東歐作家的反應卻是：「怎麼會呢？你們兩人講話像是我們的政治幹事。」阿奎諾賭氣的說：「怎麼會呢？怎麼社會主義的東歐作家居然迷上美帝主義最腐朽的電影？」

文章中描述，這個聚會最後以大伙兒唱起〈國際歌〉，而某個人的眼睛開始飄著淚花，作為結束。陳映真補充了一句：「歌卻愈唱愈好聽，有精神……」

回想起來，就是在這樣的脈絡下，我們重新燃起對亞洲第三世界的追求與認識。回首一九八九年《人間》雜誌結束後，在陳映真的引介下，我前往南韓參加由菲律賓「亞洲民眾文化協會」（Asian Council For Peoples Culture）主辦的「訓練者的訓練工作坊」，這是我頭一回從彌天蓋地的東亞冷戰／內戰封鎖中冒出頭來，親眼見到來自亞洲各個國家的民眾戲劇工作者，如何以整套的戲劇方法論及實踐，參與在民眾生活當中，這對日後我在劇團經營、創作或世界觀的建構上，都產生深刻的影響。

* * *

匆匆二十年的時間過去，回首面對上個世紀的八〇年代，在陳映真的理想主義召喚及啟蒙下，我走向這條他以筆名許南村寫下的〈後街〉，一如他在文中所言，是「環境崩壞、人的傷痕、文化失據……」的台灣後街。

而後，已全球消費化、市場化的整個世界，在一九九〇年代隨著我在台灣展開民眾戲劇的經營與創作，變得愈來愈詭譎。彷彿剛經歷過的八〇年代，已然成為前塵往事，以一種快速遺忘迎向未來的世代，迎向前區中被都市現代化光環無限包裝的場景。

那麼「後街」呢？它仍然存在嗎？又或說，那意味著被排除、被歧視、被壓迫的第三世界，它又將如何進到我們的藝術、文學、劇場的創作領域中？現在回想，在記錄攝影還處於人文發展階段的八〇年代，我在《人間》雜誌工作，認識了當今仍居重要地位的報導攝影工作者關曉榮。二〇一一年，他重返睽違了二十五年以上的基隆「八尺門」。

那裡曾是都市原住民的阿美族聚落，留下許多底層勞動者的斑斑血汗；後來則因都市遷建的種種措施，就地翻建成國宅大樓。表面上看來，好似過往的貧困已被時間淘洗乾淨，但深入追究，則知時間的汰洗，是人為地刻意讓流離的場景從公共的視線中抹去的障眼法。相信從一般發展的願景而言，這恰恰符合了城市在現代化過程中必然的潮流所趨，不是嗎？

當我有機會、也親眼見到過去影像中的主要人物，一位被稱為「阿春」的討海原住民出現在我面前，且以歷經歲月洗練的面容，並無太多激切或波動地站在他昔時的照片前留影時，我深切地體會到：一個底層生命的無言，恰在控訴著這個城市無端剝奪被壓迫者的記憶，並且用一種以舒適為包裝的手段，合理化自身進軍資本市場的競技邏輯中。

差事劇團搬到寶藏巖已過兩年，我似乎很忙，卻也像是忙得沒什麼章法，因為寫企畫案的時間，比寫劇本、導戲的時間多，就更遑論寫詩和散文了！但，寫作成為一種自己對活著這件事的允諾，也是其來久遠的事，著實沒有任何逃避的藉口和理由。

＊　＊　＊

入秋了！我漸漸感受到白天變短，很快，夜就低垂下來。這樣的時間感，多少和自己在一處不確定的差異空間裡經營劇團有密切的關聯。

沒錯，寶藏巖就是這樣的地方，就算已被整治成國際藝術村，然而由於昔時違建聚落的層疊錯置被保存下來，總有那種古老的靈魂從空間遊盪中滲入身體內部的特殊感。就這樣，劇團門口的那株大波蘿蜜樹，似開始了它低沉而漫長的獨白，講述著某種介於遺忘與記憶之間的孤寂感。沒錯，這也是在寶藏巖特殊的時空鋪陳下，才有可能現身的情境——面對的是一整個外面的世界，對於城市現代化的欲求和渴望。

突兀嗎？不，應該說是再尋常不過的主流旋律了！只不過以慾望所網織起來的城市現代化想像，需要的就是從慾望內部滋生出來的抵抗。它一直潛藏著，並終要浮現於再出土的關曉榮的〈八尺門〉記錄攝影世界中；它也在寶藏巖作為違建記憶的「後街」想像中；它當然更存在於「皮村」作為中國大陸第三世界的具體情境中。

而抵抗就從這裡的斷牆裂縫中，冒出一株株青芽兒，野草般地！

鍾喬

二〇一二暖冬年 於台中

第一部：探望

黃鴻儒／攝影

探望

父親的葬禮發生得令人有些措手不及。
願此去未知的旅程中，
握有一杯，我曾經為他斟的酒！

特別的是那一個春天，陽光彷彿格外溫暖，令人不知如何從安寧病房的窗口，往外望向車水馬龍的街道。春節之前，就忙著在大醫院的雷射光刀室裡進進出出。有一回，父親連穿手術衣的氣力都沒了，我彷彿才從他皺得乾枯的胸腹間，意識到癌細胞如何在他體內吞噬著；醫生的表情總是和善、平靜而且不帶絲毫情緒的，好像深怕任何的微笑給家屬帶來錯誤的聯想。

為父親洗生命中最後一次澡的是妻子。她顯得比我冷靜許多。父親斷氣前的夜晚，我數度帶著疲倦的身軀到樓梯間吸菸，好像要一口氣將悶在心頭的焦慮隨煙吐盡。但，最後一刻的等待漫長而煎熬。事後回想，我並沒有找到任何得以安頓自己不安的片刻……。

一生中踩過許多流離失所的塵沙

遺體運回家時，接近中午時分。母親最大的焦慮來自於父親已在救護車上斷了氣。她深怕他的魂魄會在市街上迷失；我想，依父親的習性，以及那種客家人年輕外出打拚，離開家鄉就到都市來找新家的性格，頂多是多繞個圈，就散步回來了，不至於丟了方向。但，遺體擺在家中的十來天，我夜裡都沒夢見那張浮現在我生命中四十多年的身影。或許，是深怕驚擾了我脆弱的神經吧！

畢竟是八十多歲的老人，遺體在冰溫中萎弱得令人擔心。我站著，隔了一層冰涼水霧，看玻璃後面無聲無息的父親，想起他此生毫不遲疑的沉默個性，並驚訝的發現這麼靠近的和一個亡者面對面，還是生平第一次。

守靈的日子讓人的心志異常敏感，好像在一條空寂的巷子裡，和躺在地上的影子無聲的對話：是沒有聲音的，卻有一長串如煙的獨白，在心底彌漫著。等煙霧都消散了，影子也在白花花的日光中化為烏有。坐著，在午後顯得有些陰暗的客廳靈堂的舊藤椅上，竟意識到自己的身體走在一片看也沒看過的沙丘上，耳邊有風聲呼呼地喊。除此之外，就是踩在雙腳下，讓時間在茫然中悄悄度過的塵沙。

父親的雙腳也踩過許許多流離失所的塵沙。印象很深刻的是，他有一回提及二戰過後不久，捧著前妻的骨灰，揹著剛滿週歲的兒子，從橫濱回返基隆碼頭，為的是將死去的親人和出生的骨肉帶回家鄉。那時，他還在日本依親學習藤藝，尚未結識母親。

葬禮的儀式，在我們的生活裡總是很世故的。就像在打一場沒有目標的仗。這個親人來了，那個親人走了；這位鄰居來捻香，那位鄰居送來白包。至於兄弟們除了跪拜之外，也說不上有更深的默哀深藏於心。一直等到棺木葬到泥土裡時，一切就此畫上了句號。

就這樣，一個多年相處在一塊斜斜簷瓦下的人，從一條安靜的巷弄中消失了。世界沉默了有那麼一段時間：不算太長的時間——通常是下雨的午後，坐在汽車的駕駛座上，望著車窗外來來往往的機車騎士，無聲地奔向視線的遠方。模糊的臉孔，竟而有些熟識的感覺。

列車駛過天橋時發出的隆隆聲，幾乎成為我聽覺記憶的一部分。最早，是童年時，木窗外曉光微微亮起，父親拉高著他的嗓門，用客家話說：「該轉囉！轉去故鄉囉！」

「轉」就是「回」的意思。回故鄉，指的便是搭乘清晨第一班燒煤的火車，穿越七個隧道，從掛著一只大鐘的台中火車站，回到三義老家去探望外婆和姨舅一家人。

勝興車站的深刻記憶

記憶最深刻的，當然是現在已成為景點的「勝興」車站了。家鄉的人都稱「勝興」為十六份，車站前有一個被煙薰得黑濛濛的山洞，沒記錯的話，火車進站之前，還得緩緩地攀過一段很深的狹谷。我記得有幾枝孤零零的楓葉，在山壁上依著季節流轉而變紅了……。

青少年時，列車駛過天橋的片刻，都會在父親親手蓋的木造家屋裡留下陣陣的迴盪。久而久之，開始耽讀起卡繆的自己，竟然會莫名的等待列車的前來，好像那隆隆的車軌聲將帶著一身的慘綠，前往一處從未造訪的車站。

記憶就這樣停止在某些感覺遙遠、其實接近的時空裡。一個清晨，從電視新聞上看到一個活生生的畫面：有一輛滿載貨物的貨櫃車，竟然在黎明前穿越天橋下的馬路時，因為高度太高而整個卡在火車軌道下。恰好在這一刻，一列列車從軌道上滑過，因而脫軌闖進車站的月台，撞毀了數十根廊柱。

那個畫面來得太突兀了，讓人有些難以置信。怎麼會呢？一直都滿載著夢想與思念的列車，怎麼會跌跌撞撞地回家的呢？幸運的是，列車上一個乘客也沒有，那是一班從彰化開來，準備從台中出發的早班列車。

喜歡安靜地想著列車的種種，沒來由的，從一個時空穿越到另一個時空。就這樣對精神上的旅行，產生了深不可測的好奇感。

我想，我的血脈中經常駛過通往不一樣月台的列車吧！父親呢？他的列車攜著他的魂，朝向天國的雲端了嗎？

城市的變遷，經常令人扼腕。車站一直在成長的歲月中散發著一股沉穩的氣息，讓人想無時無刻都可以從這裡出發。曾幾何時，巴洛克式的建築是保留下來了，但周遭的環境卻凌亂得不堪入目。時間是一條漫漫長長的軌道，風雪、烈日和狂風的襲擊，都遠遠不及幾個年頭經濟掛帥的腐蝕。轉眼之間，一切都變得面目全非了！

很難忘記日本電影《鐵道員》裡的主角。他用一生的執著，走完一條漫天風雪的的時間軌道。後來，他在雪的寧靜中見到早夭在亡妻懷中的女兒，亭亭玉立的來探望他。這是怎麼一回事呢？難道僅僅在訴說著人在孤絕中的幻想而已嗎？我想不會僅止於此吧！也許，就在他踏上月台外的積雪，準備迎接清晨第一班的列車抵達時，早已決定從這個紛紛擾擾的現實中隱身而去。

既遙遠又接近的意象

因此，他活著，活在一個冰封的幻境裡，那裡，想像比現實更瀕近生命……。當我孤獨，在書房的暖燈前擁抱著一種比詩還平靜的光流時，我也這樣的活著，用鐵道員凝視風雪時的眼神，想念消失在窄巷中的父親。

如此。死亡雖然遙遠，卻還是觸手可及的接近。

天冷了。寒流來襲。冷得讓人不想去敲響記憶的冰河。我想，母親也一樣。一個朋友告訴我說，老人家通常至少要半年的時間來療治喪偶的悲慟。母親比別人還漫長一些。她有整整一年的時間，竟日坐在客廳的藤椅上，時而將眼神投向牆角上父親的遺像前，像似要等他回來，再見一面。有幾回，我聽說，她感覺在安靜中聽見廚房裡傳來熟悉的動靜，但回個神，卻又什麼都沒有了！

有一天，應該說是悲傷到了盡頭吧？還是屢屢無從讓想念的對象以魂魄之身站在眼前？我想大概都有吧！牆角的遺像從客廳移開收到母親的臥房裡。之後，就很少聽見什麼「昨天晚上很冷……可能想回來拿件衣服」一類的話從母親的口中說出了！

而後，母親動了一場手術。在手術病床上換髖關節時，我正忙著排演情境繁複的戲碼，整個人經常往返於現實與想像之中。

母親歷經波折後的安詳

一個尋常的週日近午時分，我依慣例回去探望復健中的母親。我們兩個人在冰冷的空氣中坐著。彼此沒說幾句話，就見她在助行器前不知不覺地睡了，她的表情有一種女人在歷經波折後的安詳。我想想那幅被她收進臥室裡的父親遺像，彷彿對電影中的鐵道員在冰封幻境中的想像，有了多一層的體會。

假日的鐵路班車顯得不那麼頻繁，難能聽見列車隆隆駛過天橋的聲響。偶爾抬頭望向紗窗外，倒是聽見腔調近似原住民談話的閒聊聲，在巷弄中傳來傳去……。

「中午囉！教堂的禮拜結束了！」我這樣說著，找到了一句貼切的話，和從幻境中醒回來的母親說著。

舊家的巷子算是頂有特色的了！它隱身在兩條馬路的交叉口裡，自成一個和車水馬龍不太相干的世界。巷子的盡頭，時時刻刻停放著這樣或那樣的汽、機車，專門就為了前來吃個遠近馳名的台中肉圓。

教堂呢？就在巷子盡頭的馬路對面，和酒廠相隔不遠的交叉路口。記憶中，像我們這樣對逢年過節總是格外重視的客家家庭而言，教堂是矗立於世界另一端的建築。

現在，教堂為這後火車站的鄰里帶來了一件傳奇。這件傳奇沾染著飄洋過海的氣息。每逢週日十二時鐘聲敲響時，便有數以百計的菲律賓外勞或女傭從十字架底下走出教堂的大門，像流水般朝商街的喧鬧聲中涮涮沖襲而去。

很特別的是，流水般的菲律賓傭工在往商街的路途中，歡喜行經小巷，而不願路經大馬路旁的騎樓。因而，巷子裡的週日，無論晴天或下雨，在吃午飯的前前後後，總是傳來熟悉的 Tagalog 語（菲律賓的主要語言）。

前些時日，陸陸續續的也有稱作Gimi或Jack的鄰近青年，在巷子的角落擺起攤子來。他們用一種帶有台語味的生澀英語，賣著攤上的電話卡。

「It's much cheaper……」一回，一位穿著緊身牛仔褲菲律賓人告訴我，「This morning, I called to New York to my sister……and my mother in Manila……really cheaper.」

曾幾何時，經由一張電話卡，我感受到菲籍傭工的內心深處潛藏著一隻流離四方的漂鳥。這隻漂鳥經由一張薄薄的電話卡上的號碼，飛向紐約街頭夜晚的燈火中；也在馬尼拉市郊的街角，找到一扇暗幽的窗口，往裡望去，便發現燈下有一張母親的臉，在聖母瑪麗亞的肖像下沉默著……。

眼前晃過猶如電影的場景

從賣電話卡的攤子一角抬頭，我看見了鄰居的二樓的舊簷廊，單薄而朽舊的幾根木柱子，撐在顯得有些懸空的樓板上。那種陳舊的感覺，和揮發在空氣中、從往來人們散出來的古龍香水或女人香水味，明顯的很是格格不入。我的視線從購買電話卡的人們身上移開，稍稍斜抬起頭時，一幅黑白電影的場景，便離奇地趁機闖進我記憶的閘門中。

其實，就一直到現今，我仍然難以相信由那幾塊樓板所釘合起來的簷廊，如何可能是一部風靡城鄉電影的場景呢？問題就出在：當一樁離奇的記憶，穿梭在突而浮現出愈來愈多漂鳥般身影的巷弄間時，我們如何去追索到它們相互之間在時空中的交集呢？

坐著。和母親隔著一層寒冷的空氣，坐著。這一回，換作我垂著頭打起盹來了！時間翻過一頁又一頁墨跡漸糊的生活記事。熟悉的 Tagalog 語調聲漸漸從耳邊消失，交雜在記憶深層的列車轟隆聲，從生命的各個關卡陣陣傳來，又突而遠逝！

該起身和母親話別，結束這一回尋常的探望了！

吳耀忠〈長夜〉1962　油畫　116×90cm　陳金吉／收藏

在黑暗裡沉沒

——遙念吳耀忠

在這革命之路，
我尋著陳映真的腳蹤摸索前行，
搭設起零零落落的、思考與創作的圖像，
而我也因而尋找到某種得以重新去面對另一個人的契機——
他是吳耀忠。

我想用「黑暗」來談我年輕時相識，與他在聖潔與頹然、革命與沉淪中交會，卻又談不上認識很深的吳耀忠。而「黑暗」，談得最深的，又莫過於魯迅了！

在〈影的告別〉這篇散文詩最後，魯迅說著：「我願意這樣，朋友——我獨自遠行，不但沒有你，並且再沒有別的影在黑暗裡，只有我被黑暗沉沒，那世界全屬於我自己。」

當然，在魯迅的世界裡，他直指的黑暗也就是絕望本身。但，那種對絕望本身感到的絕望，卻又激發人們在黑暗中燃起一片心靈的火海。否則，就不會說「再沒有別的影在黑暗裡」這樣希望獨自承擔那苦痛與掙扎的話了！

從這裡，我們觸摸到一個生命，自覺已成為一個影時，反而釋出了對其他不見光明的人們，有一種發自內心深處的不捨與同情。希望自身的黑暗化作一堆餘燼，又或，即便是鬼火也成吧！總之，是一種詛咒，只朝向被黑暗吞併，又被光明消失的我。

影不願「彷徨」，恰如人不願「徘徊」。魯迅的抉擇是「不如在黑暗裡沉沒」。

這點出吳耀忠在巨大的理想面前，因著生命的潰敗與挫折，因著繫獄被囚禁，因著無法接受自己，原本設想的以藝術創作來淑世的人生橫遭阻斷，遂而竟日酗酒、沉淪、墜落……最終，因肝疾而告別人世，得年僅四十九歲。

沒入黑暗，是沉淪，或是救贖？

面對一個理想主義的年代，後世人總嚮往又或夢想追隨那面旗幟，但旗幟在狂風中，掃落的又有多少孤寂中咀嚼著自身憂傷而無法自拔的靈魂？這會是看見吳耀忠喃喃低語的生命內在的重點。

這樣的看見，他的摯友陳映真說得最為徹底。在〈鳶山〉一文中，陳映真說：「我發覺到耀忠那至大、無告的頹廢，其實也赫然的寓居在我靈魂深處的某個角落，冷冷地獰笑著。」

是這樣「冷冷地獰笑」，帶我們回到「一整個世代的虛無與頹廢」，從而，我們也才進一步的理解到為什麼陳映真要說，吳耀忠的「黑暗與頹廢」是「一切愛你（指耀忠）的朋友們心中的黑暗與頹廢」，並且，「以代你走完你極想走完而未走完的路，做為對你的酬賞……。」

一九八七年，吳耀忠去世的那年。陳映真忙於《人間》雜誌的編務。從諸多文論及創作，我們得以了解當時正面臨初老的陳映真，竟日在「消費主義批判」、「統、獨文學的論證」以及「美、日新殖民文化霸權」的討論中，直指當時知識界的思想貧困，也再次翻轉了以思想作為後盾的創作者，是如何在「寫什麼」和「怎麼寫」之間，找到文學與社會的對話關係。

一九八七年，台灣社會解嚴。東亞內部的民主思潮及運

陳映真與吳耀忠合影於 1960 年師大畢業畫展　吳明珠／提供

動，面臨翻天覆地的變革。那之前幾些年及稍後，陳映真右手創作包括《山路》、《鈴鐺花》在內的五〇年代白色恐怖系列小說，並依自身過去在跨國公司任職謀生的經驗，寫下《華盛頓大樓》系列作品。這同時，他左手也沒閒著，他以民間知識人的身分，開展了包括「冷戰／戒嚴體制」、「第三世界文學」在內的批判論述，帶動後世的知識社會，朝向一個進步的目標。

吳耀忠〈少年鞋匠〉01975　油畫　40×31cm
遠景出版社／收藏

重新審視革命的浪漫主義

就在這些年前後，吳耀忠以他原本要為《山路》小說集的出版所畫的一幅未命名的畫作，和陳映真找到了生命再次攜手相遇的機會。這幅畫著一個無頭的人提著自己頭顱的作品，後來被文字工作者林麗雲依畫作內容命名為〈提著頭顱的革命者〉，著實有當年吳耀忠交纏於革命與頹廢之間的掙扎之意。

這畫作，最終沒成為《山路》小說集的封面。猶記得當年，我們幾個圍在陳映真身旁的年輕朋友，都不免為耽溺酒精而想奮力一搏的吳耀忠感到忿忿不平。「你就用嘛！算是一種對頹廢生命的鼓勵啊！」我們這麼想，也是這麼對陳映真說。

久久，陳映真並未解釋。只記得，有一回，他淡淡的說：「現實主義的畫作，就像現實主義的文學一樣……要深究內容及技巧的完整性……。」現在回想起來，我才比較明白，一生以文學的社會變革為職志的陳映真，是以何等「大我」的理想精神，面對創作中的摯友及同志。

我也不免揣想，曾經在綠島的繫獄中與五〇年代政治受難者相逢的陳映真，是怎樣重新審視著革命的浪漫主義，如何回應被囚禁、被壓殺的一整個世代的革命先行者的問題。

時間過去了！但，沒有過去的，還是在那面翻飛的理想旗幟下，從未

吳耀忠〈山路〉1984　油畫　46×38cm　楊渡／收藏

捨棄的行走。這樣，是提否著頭顱行走，似乎也只能以「問號」作為後輩如我者的反思和提問了！

我在一九八一年，從學風相較保守的台中中興大學外文系畢業。拎著在大學時期課堂上教授「莎士比亞」、課後與我們談舊俄，及三〇年代中國現代文學的施肇錫老師的書袋，來到台北唸戲劇研究所，受教於姚一葦老師。

當時，是解嚴前的台灣社會。作為民進黨前身的黨外運動風起雲湧，我放下文藝青年的浪漫，進入黨外雜誌的編輯群中。也就在這前後的幾些年，我的生命起了重大的變化。因為，我一方面置身於「黨外」中產階級的民主運動中，另一方面，帶著高中時期便熱愛耽讀的禁書《將軍族》去找陳映真。迎面而來的，是一整個胎動中的台灣社會，面對解嚴前現實社會的重重轉折，卻也只能以閱讀陳映真小說，諸如《將軍族》、《我的弟弟康雄》、《祖父與傘》、《第一件差事》等，從那兒得來、以文字句式串接起來的悸動。

發自生命深處的愧嘆及感懷

我曾經在一九八二年到八三年間，任職於以「黨外」為名的《關懷》雜誌，和以左翼為旗幟的《夏潮》雜誌，後者也是經由陳映真的引介而進入。兩者之間的最大分野，前者以批評國民黨專政為前提；後者，除了批判國民黨的獨裁之外，另涉及對資本主義、美日霸權的批判，以及對亞、非、拉第三世界社會及文化的評論等，此外更重要的是，對於社會底層（例如流離都市的原住民、海山煤礦的礦工災難等）的深入關切。

就在那段時期，我又因從《夏潮》雜誌轉往《大地生活》雜誌的關係，開拓了青年左翼文化的視野，和年輕時一起寫詩的楊渡以及新知徐璐，共同工作。我們懷著某種現在回想起來是「文藝理想的浪漫情懷」吧！一起工作、作夢……並且酒酣耳熱，就在這樣的情境下，時值中壯年的吳耀忠，帶著他出獄後雖猶俊挺卻有些憂傷的面容，出現在我們的面前。

我們這些浪漫的文青，懷著某種對時代反叛的情懷，醉酒於市場邊、馬路旁的攤子上，並且寫詩緬懷一知半解的革命年代；我們當然也介入當時的政治反對運動中，但很重要的一點是，我們對《夏潮》雜誌背後所內

《關懷》雜誌

含的左翼思潮，並沒有深刻的、科學的認知，之所以如此，自然是與一整個反共肅殺的時代氛圍，尚未走到「解嚴」的盡頭有關。

也因為如此罷！吳耀忠的現身，是以一種被壓殺的氛圍緊密包裹，並也懷著被囚禁過後雖無悔卻噤聲的身姿，來到我們面前的。他對年輕人意圖參與社會或政治的改造，毋寧是以他自身因涉嫌叛亂而遭刑求、監禁的歲月，來對青春的美好，發出生命深處的愧嘆及感懷罷！

然則，事情經過多年後，我終而有所理解，並非繫獄使吳耀忠沉淪、自棄，而是，當他從囚禁中歸來，發現自身所處的環境，竟是一個遠比他入獄前更形龐大而無解的虛無世界，這是他終而遠離塵世，返回三峽老家，竟日藉酒精麻痺自己敏銳神經的源頭。

曾經，也就在這樣即便是至今也說不清楚的狀態下，在我內心深處陳映真像似從苦難中站起來的人，而吳耀忠則像似從苦難中躺下去的人。

墜入虛無的深淵且獨自遠行

後來，我閱讀到詩人施善繼寫的文章中提及，吳耀忠曾說過：「要墮落，好，大家一起墮落。」

這時，我於是更明白了那個年代所環繞出來的虛無，才是吳耀忠墜入虛無的深淵，最終，並無法掙困自囚的牢籠，撲倒於想用半生的殘餘，再次去重構出現裂痕的烏托邦前的根本原因吧！

一九八七年吳耀忠病歿台北和平醫院。時代一轉，很快地，來到一九九〇年代，世界社會主義陣營大塊、大塊的解體，煙花於革命消散的夜空中盛放，為迎接一個資本全球化時代的到來，直至今日。

那麼，獨自遠行的人走遠了！還有多少別的影在黑暗裡呢？相信會是沒入黑暗中的吳耀忠最關切的事情吧！

二〇一一年，在心力俱疲下，我再次和「差事劇團」的伙伴們，於寶藏巖新搭設起來的「山城戶外劇場」做了《台北歌手》一劇。在一貫地不

吳耀忠〈自畫像〉1960 年　39×27cm
施善繼／收藏

甚明朗化的劇場語境中，我又一回地運用了援引自拉美「魔幻寫實」文學中的方法，為這齣戲的表現穿針引線。

表演結束後，可以想像地，有這樣或那樣正負面的批評，爭議是好的。雖然，創作辛苦，總希望得到喝彩；但，若不去直接面對種種非難，也只有停止前進或墜入懊喪中，這恐怕遠遠非一個自允為進步，並在諸多暗夜的自省中，不知反覆過多少自責風波的人，可以最終去逃避的！

我這樣想時。腦海中同時閃過兩位青壯輩朋友的評語。前一位帶著同路人對長者如我者，不忍刁難的話語，以「革命，我沒有死」為標題，於文中寫下了一段如後的文字：「我們已經準備提起那沉重的歷史的旅行箱。無論那箱子是皮的、木頭的，還是帆布，朝著溢滿淚水的山路去吧。」這席話，給我帶來的是某種難以言說的鼓舞和欣慰！與此同時，後一位的話語，卻是簡潔而犀利得讓人無法遁逃，因為，就是直砍入胸臆中的一句說是：「這是走回頭路……。」話語自然不平靜。帶來的，於我而言，莫非是鞭策——雖說，難免有身為長者而未盡提燈之責的愧疚與尷尬。

無論如何，這兩位畏友會有如此的評語和反應，主要是在於：《台北歌手》一劇，處理的恰是令當代不免感到稀薄或遙遠的「革命」這個語境。其中的一個環節，也是最為棘手的，是相關於革命記憶的部分。

「革命何等迢遙而無從觸及，特別是與記憶相互扣連時……。」我在創作這個劇本時，不知有多少忐忑於每個難以下筆的瞬間。我向自己的不安，展開難堪的詢問……。我墜落在信心的谷底，質疑自己在為一件允諾眾人的事情交差。重要的，也是我唯一不曾背叛的是：我不曾輕忽了事！但，我似乎也不曾感到自在。

不自在，猶不打緊。一切顯得艱鉅而難熬，才令人不時有一種穿不透的困境。而我於今回想，那些輾轉反側的心思，到底如何讓自己撐到最後的一刻，並又不免是在跌撞中去完成這部戲的呢？其實，說到底，還是上個世紀的八〇年代。

何其荒蕪的一個年代

於是，便將從作者文章中得來的，一知半解的動人筆觸，例如，最記得的便是「慘綠」這字眼，放進自己的生活裝扮中，聊表與周遭竟日為謀求生計而對現實噤聲的人，一種不願逐流而去的切割。

從這個切割點出發。我同時有機會一方面在當年解嚴前的黨外雜誌工作，又因尋得文學心靈導師陳映真的關係，進到由蘇慶黎主編的《夏潮》雜誌，擔任執行編輯的職務。表面上看來，這個跨越似乎沒有什麼值得大書特書的，特別是當年反威權的年代中，因著對戒嚴體制的反彈，更因著對反彈背後的結構性因素，根本沒有釐清與認識的機會。從而，便統統以反對運動的一員來自我看待。

想想，那是何其改革之聲震天價響，卻又在思想道途上，何其荒蕪的一個年代啊！

會如此道白，理由卻簡單得很複雜！究其因，大抵可以說：當時的台灣已經抵達了威權主義的臨界，必須在客觀情勢的推衍下，進行符合西方式民主且藉此才得以買票進國際市場的階段。這背後，進一步推動的是更緊密地與跨國資本融合，且讓社會主義陷入茫漠之途。「革命」於焉成為一種理當被現實遺忘，又或禁不起三言兩語消遣的市井笑話。再不，唯一的出路，便是被商品包裝後，才得以和世人見面的 slogan……。

這便是「荒蕪」的所在吧！而我又是如何終而與當時的「黨外雜誌」漸行漸遠，而走上另一條漫漫山路的呢？現在回想，我是從陳映真的小說〈鄉村的教師〉找到了某種思想源頭，而後，一路以這個源頭，去理解《山路》、《鈴鐺花》及《趙南棟》一系列小說作品。當然，那已經是一九八〇年代中期，有機會進入《人間》雜誌工作後，才逐漸開始展開的思想功課，至今，也未曾稍稍認為已有深入的定論。當然，定見，是一定有的。

一體又兩面的孿生兒

這裡，冒出來的是回到民眾生活的現場，去重新看待民族被帝國霸權強行撕裂的歷史。恰因如此，有了期待民族融合的左翼。從此出發，便也不僅僅是國族主義論，而是第三世界民眾的、民族的與民主的觀點了！

誠實的說，我是這樣子經由在《人間》雜誌工作，認識陳映真，閱讀他的作品，才很晚地、多少不甚其解地步入了這條「左翼」的道路上來的……。當然，這和我耽於詩、酒、浪漫，不甘於寂寞的上下求索，有著密切的關聯。卻也因為這樣，在歷經一整個八〇年代後，重又回首時，才幡然轉醒自己走在一條前人走過的，卻被酷烈的肅清壓殺的革命之路上。

在這革命之路，我尋著陳映真的腳蹤摸索前行，搭設起零零落落的、思考與創作的圖像，而我也因而尋找到某種得以重新去面對另一個人的契機——他是吳耀忠。

然則，比較大的差野在於：陳映真滴酒不沾，而吳耀忠卻開始在革命的挫敗道途中，說什麼也不願回頭的酗起酒來。就誠如陳映真在懷念摯友的文字中所言：「原來革命者與頹廢者，天神與魔障，聖徒與敗德者，原是這麼酷似的孿生兒呀。」說得真好，這孿生兒，既是一體又是兩面，就那麼一線之隔。

這一線之隔，訴說的，依我的理解，應該不是光明與黑暗的區隔。而是，誰願讓光明現身，而將黑暗隱蔽在身形的角落；而誰又選擇了黑暗，不悔的一心讓光明沉落到深淵的底層。

揚棄革命的市場化風潮

回想起來。這當真一點也不含糊的便是歷經一九五〇年代白色恐怖的壓殺後，台灣左翼知識人、文學藝術創作者，在雖臨政治解嚴前夕，而反共親美氛圍持續環繞不休的一九八〇年代，所遭遇的酷烈的挑戰。其理由僅僅在於：左翼無從在西方式的民主、自由條理中，為了一個服膺於美式霸權的資產階級改革運動，而見風轉舵，成了新、舊帝國主義扶植下的民族分裂派。然而，社會主義祖國內部，又已興起了一股準備要揚棄革命的市場化風潮。

處在這樣困頓的局面底下，陳映真從第三世界的民眾論中，披荊斬棘寫下系列的小說作品，像似在一整個世代的孤寂中，從一處封閉的牢房中找到一扇得以望向天光的窗子。而吳耀忠不願了！他寧可沉沒在這囚禁之室的暗黑裡！至於，那窗子外的天光，就用耗盡生命最後油彩的暗影，去映照這世界的墮落吧！

我是這樣想著一個革命者吳耀忠的虛無、酗酒以至於病歿的。

當我這樣想時，又不免再次的想起了魯迅在為小說集《吶喊》作序時，提及的那座「鐵屋」。他大抵是說：人人都被封在一處鐵屋而沉睡去了，不幸著了火，那麼作為醒了的一個人，你是要去搖醒沉睡的人，讓他多一次知道即將死亡的痛苦，又或隨其著火而睡死去呢？這是一則弔詭的寓言。因為，又有哪個革命者，不願去搖醒沉睡的人，和他們一起逃出去的呢？然則，最殘酷的莫若於：偏偏封鎖在人人面前的是沒有出口的一座「鐵屋」。

而吳耀忠的虛無，應該是他太早就抵達與火掙扎的盡頭了！他選擇在一九八七年，島嶼解嚴聲響起的「鐵屋」裡，用酒精結束了革命者自身，焚燒殆盡；而陳映真和他小說中的人物，恰如趙剛在〈從仰望聖城到復歸民眾〉的文論中所言的，也不曾是真正逃得出這「鐵屋」的人，但他選擇了浴火重生，直到現在。

然則，重要的是：無論「虛無」或「重生」。他們都沒有走回頭路。

而我呢？

蔡明德／攝影

影的獨語

——想念陳映真

人睡到不知道時候的時候；
就會有影來告別，說出那些話。

——魯迅，一九二四

是夜，最後一口烈酒的餘味，仍在脣際隱隱發著麻。暈睡的腦袋，竟無來由地閃過黃昏時突而襲在街頭的那場風雨。

明明白白的四月天，電視新聞的氣象報告突而宣稱，一道寒流從北方南下，而另一起過早形成的颱風，已經在南方海域蓄勢來撲。

春天裡，交纏著冬日後遲遲趕來的寒氣，與未及夏日便洶洶掀起的颱風，這樣的天候，到底令人不安！駕駛座上，我急忙驅動著快速往返的雨刷。突如其來的陣陣風和雨，掀翻了兩旁路樹的厚大綠葉。我不安的想著前一刻鐘，從城市另一端的老家出來時，病臥在客廳長長藤椅上的母親。

於是，不安的我，孤坐在床沿，用靠在枕櫃上的手肘，調整著腰身的重心。飲下的烈酒雖已催起睡眠的作用。但，就那麼一行出現在字裡行間的話語，我不想在臥眠後便與之告別。

難忘生命的啟蒙

那一行字是這麼寫的：「趙慶雲簡直聽見小號的朗敞剛毅的聲音了，像是在滿天彤旌下，工人歡暢地歌唱，列隊行進。」讀過陳映真的小說《趙南棟》的人，相信都很難忘懷這一行字。這行字的場景，是彌留中的老政治犯趙慶雲，憶起並恍然目睹被稱作指揮家（Conductor）的難友，出現在病房門口，閉著眼睛甩著指揮棒，而現場彷然便響起蕭斯塔科維奇的《勞動節》（May Day）交響曲的情景。

情景在小說中出現，映照的是現實社會中一段被刻意掩埋的歷史。現今，陸續得以重見天日的五〇年代左翼良心犯，在囚禁牢房陰暗而漫長的歲月中，猶發自內心深處不悔的革命吶喊，宛若烙刻在地底深層礦脈上的人民史詩。

是小說的虛構嗎？不如說是現實的再現吧！但，無論是美學上的虛構或現實上的酷烈，凝視著字句間所形像化的場景，彷然歷歷在目，就不免想著歷經重病後，據聞已漸趨康復中的我的啟蒙老師——陳映真先生。

就這樣，我臨睡前的醉意，被自己刻意的清醒給驅趕到樓房外的虛空中了！

窄仄的書房，在子夜降臨時，那原本只用來照明的立燈，卻一會兒間，變得像似披上了詩行外衣的光流，觸動著疲倦後，再度敏感起來的神經。

望著，傾斜在書桌腳底的一灘身影，隨著逐漸曲蜷進被窩裡的軀體，影子漸而縮小成一隻蝙蝠的模樣。我暗自嘲弄起自己竟而變了形的身分來。「喔！是蝙蝠哩！」這麼喃喃自語時，我進而發現那蝙蝠的影裡，好似還有一副金框眼鏡，就架在缺了鼻梁的一張促狹的臉上。

我被自己那彷若幻象，又真實不過的影的造型，給捉弄得不知如何是好。既然如此，也只好關燈入眠，只是那道分明有些畏畏縮縮的影，在還來不及說清楚自己究竟是「蝙蝠似地小知識分子」，或「小知識分子般的蝙蝠」一類的稱謂時，我已經在一樁夢境中，憑著自視敏銳的直覺，孤獨地穿梭在暗黑的空盪盪裡了！

就在這暗黑的空盪盪裡，我先是飛行穿梭在一處地道裡，四壁空寂，只有那沿著冰冷的岩壁滴落而下的水滴，回應著我茫然的孤絕。

難以言說的親情蜜意

然而，我聽見自己微弱而顯得頹然的喘息聲，似乎呼喚著我前往一處低矮的簷角。那麼熟悉的屋瓦，令人屏息在騷動之中的木造矮樓……啊！

那不是我慘綠的青春身影嗎？陳舊得連音符都轉慢幾個節拍的電唱機上，轉動著失了音的〈惡水上的大橋〉；酷熱得令人窒息的夏日，列車穿越巷口的鐵軌道，傳來「轟隆——轟隆」的震響。

而現在，幻化成一隻蝙蝠的我，倒弔在簷角的一根殘柱上，望著時間彼岸的自己，夜深時，在燈下好幾回重複地耽溺在那行如詩般蒼白的話語裡，說是「清潔的時候，我的

陳映真在六張犁公墓　蔡明德／提供

父親幾乎不能幫助什麼，於是我第一次看見小學以後不曾看過的我的弟弟康雄十八歲的裸體」。

那年我十八歲。在升大學的重考羞辱中，拒斥著背誦教科書的煩悶。然而，無法解脫的煩悶，都交由一次次默誦〈我的弟弟康雄〉來抵擋自稱是虛無，而說穿了，也就僅僅是無謂的空虛感！

至於，小說中的康雄的姊姊，伊在後來因成婚後沉醉於富足而美麗人生中，所帶來的「卑屈」和「羞辱」，到底是怎樣一種枷鎖上的斷痕呢？只有在茫寞的索然中，隱藏在內心深處陰暗的角落，而從未那般自覺吧！

同樣的一樁夢境裡，我這由影所變身的蝙蝠，竟出奇地倒掛在一支微微晃盪的桅桿上。風暴在掀著滔天巨浪的洋面上，猛烈地搖晃著桅桿下方的巨輪。

浪濤激湧上甲板時，我從模糊成一片的眼鏡鏡面朝著潮濕的甲板望去，出現在動盪視線中的，竟然不是披著厚重雨衣的船長或水手，倒像似一場戲的場景：風雨中，一位身形壯碩的女工迅速地扯開她的上衣，裸露著上身。一旁幾個原本氣勢洶洶的男子，頓時呆立在風雨中。他們是舊工

陳映真在反美帝街頭　蔡明德／攝影

會幹部，被悲憤地含著淚嘶喊「你們再碰我，再碰我吧」的女工魷魚，瞬間震懾在側旁。

這時，我彷彿聽見熟悉而低沉的嗓門，在轟然激湧的潮浪巨響中，依稀沉穩著小說家慣有的語氣，朗誦著：「沒有人說話，沒有人動彈。魷魚用她瘦長的胳臂，抱著何春燕，推開呆立著的張清海，走向草坪。草坪上的人牆，彷彿自動門似地開了一個缺口。」

「是大陳啊！」（《人間》雜誌的伙伴這麼稱呼陳映真）我抹著襲打在臉頰上的雨水，喁喁地說，「在朗誦〈雲〉裡頭那段精彩的描述呢！」

忘年之交的難捨情誼

什麼樣的人，會用這樣帶著些許離譜，卻又潛藏著難以言說的親近的夢境，去臨近心中難以忘懷的師長呢？又或者說，什麼樣的友情，會讓人想以這樣的夢境作為書寫的情境，去爬梳成長歲月中，因著真切而深刻的啟示所帶來的激動？

窗口透著一陣陣陰沉氣息的隔日清晨，我撐著一雙沒睡好的厚重眼皮，坐在夜昨臨睡前相同的床沿，心頭兀自低吟著。「近鄉情怯吧！我想，是近鄉情怯吧！」我回答自己說。

而後，我一如往常地整理著昨夜翻閱一半、凌亂地留在床頭上的書。剛要起身，卻彷彿聽見書桌前、熄了燈的案面上，低聲傳來熟悉的叮嚀，說是：「加油喔！要加油喔！我也正加油地要從病床上康復起來呢！」

夢也罷，現實也罷！無非都是忘年之交，一份難捨的情誼吧！

陳映真在街頭　蔡明德／攝影

於是，便也沒由來地想起：三十年前的我，一個寫現代派詩文的文藝青年，滿腦子洋腔洋調，卻因為碰觸了「鄉土文學論戰」，重新又去翻閱當年被查禁的陳映真小說《第一件差事》。

心中滿滿說不盡到底是憂憤、慘綠或者鞭痕的觸動！而後，在上世紀的八〇年代，因為親自和映真先生面對面的相處，對於隱匿在冷戰／戒嚴體制壓殺下的左翼思潮與文藝，首次體會了其間令人撼動的聲息！

恩師引領投身《人間》雜誌

在參與當年《夏潮》雜誌的過程中，首次翻閱第三世界文學的篇章，聆聽先生述說「依賴理論」如何在國際資本分工體系中，成為新殖民主義下，被壓迫者反宰制的思想泉源。

思想，所為何來？無非以世界為中介，在知識分子和民眾間，開展進步性的對話。因而，思想大體上必得從學術的殿堂中脫困出來，成為民間社會的改造力量。

因著這樣的相信，我重拾了原本已意興闌珊多年的筆，投身到先生創辦的《人間》雜誌的報導文字行列中。

如果，報導文字揭開了文藝面對社會變革的天窗；那麼，天窗的後街，又傳來了民眾怎樣的吶喊或呢喃呢！那大街上吹噓起來的繁榮、富裕，又是如何壓殺著貧困者沉重的身體與靈魂呢！因為，有了這樣的追問，轉身之間，我投入「民眾戲劇」的行列，匆匆也已有近二十年的時間！

然而就如墨西哥蒙面叢林革命者馬可斯所言，革命的道途「從未抵達，從未放棄」；於我而言，無論報導、劇場又或詩行，我文化生產的行走，一直未曾抵達完美的終站，而激勵著我從未放棄的，恰是充分認識到，自己得步上作為民眾一員的學習者的道路吧！

二〇〇五年，在日本「野戰之月」帳篷劇場的櫻井先生引介下，得以有機會，邀請映真先生在私人的放映會中，一起觀賞「以文革為主題」的紀錄片。

影片在歷劫中被搶救回來，整整一百二十分鐘時間，翔實記錄了文革頭一年，充滿著理想革命年代的面容、情景、思緒以及那不悔的民眾變革行動……。

革命的中國，中國的革命，總有一個篇章，在後世人的言論中，竟是僅存塗滿整個灰牆的赤色暴力。

雖說，這個篇章是以「文革」作為樣板的榜樣，被提到枱面上來述說的。然則，我並無意為此做任何的申辯，因為，從這部由日本電影人無意間（原本是為拍攝日本侵華時偽滿洲國記憶而來，不料竟在街頭遇上紅衛兵遊街）拍攝到的影像中，我們共同目睹了文革第一年時，那充滿著革命理想主義的行動。

而眾所周知，文革的第二年之後，整體行動淪為宗派間的奪權與殺伐，極左的浩劫，終至難以收拾。

內心深處的祈願祝福

猶記得那時，因怕先生病中無法順遂看完影片，於是，先行於放映會前將影片送到先生家中。閒談時，我們聊起了現今中國大陸，在改革開放浪潮中，拚搏於資本積累所導致的城鄉失衡及貧富差距的問題。一席談話中，他意有所指地打個比喻說：「就像鐘擺一樣，盪得太左時……就會留給盪到右側的人更多批評的理由。」

這話給人的深刻印象，始終在我的腦海中盤旋……。文革，無論如何，就像先生言談中提及的那具警鐘吧！不由得我們照搬其中的幾些道理。我是說，哪怕是革命的道理，也得以現實實踐的辯證來重新尋思其思想及行動的資源，我是這樣想的……。

時間過去，心頭的那具警鐘，未嘗在日夜的消磨中遲鈍了鐘響。誰料，卻傳來先生在北京養病時，不慎跌倒波及病情的消息！

好幾回夜晚獨飲時，我又在邊境的喃喃碎語裡，聽見了內心深處傳來的祈願聲……。

像是，祝福著先生的病體早日康復，回到生活的日常軌道，再為這三十年的「鄉土文學論戰」述說洪鐘般的警句。

這警句，說來不也像為我碎語般的詩行題辭的詩人施善繼所言：「也許，人們要開始試著思考更多一點席勒？」是啊！多點席勒的革命浪漫主義。至於，莎士比亞的曠世才華，當然是人世至高的經典。

但，席勒力倡文藝與社會改造的辯證，卻是當前一切奉市場化、消費化為神祇的世界中，遠比一再被強調其藝術高度的莎翁，更形具進步性的文藝思潮取向，不是嗎？想著想著，夜深的窗外，偶有驚人敏銳聽覺神經的救護車，鳴著逆耳的嗡嗡巨響，呼嘯過大樓外的街頭。

於是，便也彷彿聽聞到魯迅在散文詩〈影的告別〉一文中的開場說：

「人睡到不知道時候的時候；就會有影來告別，說出那些話。」

《心中的河流》劇照　石岡媽媽劇團／提供

梨花開時
——石岡媽媽劇團

劇場的表現，不能僅僅停留在記憶的光與影之間，
劇場般切地召喚著一種和社會批判相聯結的想像。
在歷經整個一九九〇年代以來，
社會運動的大舉退潮之後，
劇場如何在民眾生活中找尋到實踐的場域呢？

另類的社區劇場，亦即一種具「成人教育」性質的劇場勞作，似乎讓社區有機會轉化成市民社會文化想像的焦點。而「石岡媽媽劇團」的社區經驗，多少推展出一些有說服性的民眾文化。

從一九九九年九月二十一日，發生近半世紀以來最強烈的地震災難以後，「差事劇團」便全力地投入民眾戲劇在地震災區（隨著重建工作的展開，又改稱為重建區）的文化實踐工作。

稱之為「文化實踐」的理由在於：對劇場與社會轉化關係的理解。亦即，我們對劇場存在著一項共識：表演不僅是專業者的權利，也不僅是將專業化的表演特效服務於眼前觀眾的感官需求罷了！表演是一種生命的表達，是生活經驗的再現，是個人身體在共同議題中的浮現。

將生活表現為舞台上的形象

很重要的是，這不僅是一項說法，而是要將「說法」轉變為「做法」。在劇場的實踐中，最怕只有說法、想法，卻永遠找不到將它做出來的方法。特別是事情發生在每日為生存而工作、勞動、憂心忡忡的民眾身上時，我們沒有理由不去為做法找尋適當的位置。

如此，我們稱自己是民眾戲劇工作者，永遠在工作中將生活裡的身體表現為舞台上的形象。

這同時，我們和一群原本在石岡災區參與成長團體的媽媽們相逢，希望經由戲劇工作坊，讓她們受創的心靈找尋到另一種表達的途徑。

「我們不會表演，怎麼參加戲劇班呢？」

戲劇工作坊是從媽媽們這句話開始的。我們花很少的時間去解釋表演是什麼？一般人如何表演？又或者怎麼表演才會更吸引觀眾？相反地，我們安排了劇場遊戲的工作坊，讓民眾在空間中釋放長久積累於心中的壓力，並自主地產生興奮的感覺。

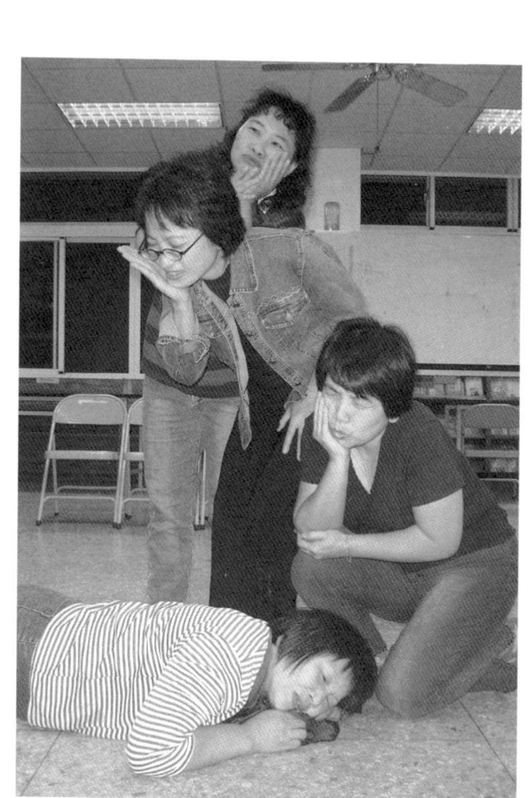

石岡媽媽劇團排練中　石岡媽媽劇團／提供

事情就是這樣發生著，時間也很快地流動著。

從二〇〇〇年春天開始，我和「差事劇場」的伙伴李秀珣，經常往返於石岡和台北之間。先是春、夏間穿短袖的汗衫在磨石地板上玩遊戲；而後，又接著是秋、冬時分的夜涼時，穿著襪子在草蓆上討論演出的劇碼。

生活軌跡與演出產生互動

回想起來，很多時候，我和工作伙伴的話題不是表演、排練、訓練……等劇場裡熟悉的事情，而是媽媽們的生活軌跡歷經何種轉變，這轉變又如何在劇場工作坊以及每回的演出產生互動的關係。

這讓我再度聯想起保羅．弗萊爾（Paulo Freire）對「人類學式文化」（antnropological notion of culture）的認知。在他的想法中，文化是人在社會中的行動，是人與社區互動的過程，文化是民眾在日常生活中的言行舉止。換言之，人人都在生活中生產文化，而非只有美學專業者或菁英才有能力生產文化。而民眾教育工作者是從深入「人類學式文化」而得出批判意識及教學方案，從來不是預先的理論設定。

劇場源自於生活經驗的覺知（awareness），又將此覺知的過程再現在美學空間中，這是我想表達的想法。因而，我們構思著媽媽們的劇場經驗如何具現於舞台上；但，這些構思都不可能遠離媽媽們的日常生活。

我們在搞劇場嗎？是的。因為媽媽們的演出漸漸成為公眾目光下的一件事實，從而成立了「石岡媽媽劇團」；然而，我們只是在搞表演活動嗎？恐怕不是，因為，就在媽媽們生活的現場，繁瑣而沉重的重建工作日日夜夜發生著。近在眼前的一項工程便是客家伙房的規劃與再造。「伙房」也就是所謂三合院的傳統建築，這「伙」字說得再生動沒有了。

石岡媽媽劇團團員鳳姬　石岡媽媽劇團／提供

地震時，倒塌的是百年歷史的舊伙房。「轟」然一聲的剎那，住在伙房裡的劉姓客家宗親，除了逃命之外，便是倉促而恭敬的撿拾散落廢墟裡的祖宗牌位；現在，伙房垮了，祖宗牌位被暫時安置在媽媽們上戲劇課的活動中心二樓。這就是發生在石岡鄉一個稱作「土牛村」裡的劉氏客家宗族的具體災難。

災難將伙房給夷為平地，為了族群文化的傳承，必須再造一座符合原初風貌的建築。但，重建這具歷史族群意涵的硬體需要住在其間的每戶人家的參與，否則還稱得上是「伙」房嗎？就因為這個理由，非常「人類學式文化」的劇場教育行程寫在工作者的日誌中。

為了「伙房」的重建，在石岡災區的組織工作者投入艱鉅的心力。而劇場工作者李秀珣和我則需要經常和組織者討論實務工作，藉以了解更多當地人的實質需求以及心理變遷。民眾戲劇因而不僅是為訓練媽媽們如何演戲而存在！

石岡媽媽劇團演出《心中的河流》　石岡媽媽劇團／提供

「我們沒有在演戲啊！而是透過表演在訴說生命的經驗！」劇團團長楊珍珍總是自在的向前來探訪的媒體這麼說，我感覺到她作為一個母親和表演者的謙虛和自信。

目睹平凡生命擦亮的火光

「我當媽媽幾十年了，又有機會上台演戲，表達自己的生命經驗……」劇團裡年紀最長的劉媽媽說：「我心滿意足了。」

二〇〇一年六月，石岡媽媽從觀眾轉身變成了演員，這期間，經歷了三個階段的工作坊，並在舞台上「再現」了災區民眾的生活觀照。

第一階段：形象劇場。以身體的塑像，呈現地震發生前後的景象（在石岡鄉鎮的社區中演出）。

石岡媽媽劇團 2007 年在香港「國際教育劇場會議」演出
石岡媽媽劇團／提供

第二階段：生命告白。從述說生命經驗出發，鋪陳女性嫁居到石岡來的心靈旅程（在社區暨台北的帳篷劇場中演出）。

第三階段：論壇劇場。以即興表演編成的劇情，經由對伙房重建的討論，將身體視作對話的語言，和觀眾討論重建「伙房」的爭議。

目睹平凡生命的火光

劇場是從個人航向共同的旅程。沒有共同的具現，這趟旅程必定顯得單薄；然而，只強調共同卻忽視個人內在或外衍的生命，也只會徒增無謂的沉重。數年前八月夏日間，一場強悍的颱風來襲過後，媽媽們撐著黑傘在帳篷外上妝準備，等候進場演出，我們目睹了農村婦女自我發現的生命告白；現在，媽媽們在舞台上和觀眾對話，身體和語言充滿著關照社區的共同情感，我們目睹了平凡生命所擦亮的火光。

在劇場中，還有什麼比「目睹」更重要呢？

石岡媽媽，妳們說呢？妳們「目睹」了什麼？

冷戰封鎖下的民眾戲劇實踐，涵蓋對於被壓殺記憶的復甦，藉以穿透未曾被徹底清理的帝國霸權；然而，不可忘卻的，卻依然是，記憶在現實社會中所產生的批判效應。

在二〇〇七年的「國際教育劇場會議」於香港舉行時，這樣的思考前題下，「差事劇團」展開了跨東亞國境的戲劇表現，演出《子夜天使》；並時刻不忘在社區民眾間，進行具成人教育性質的民眾戲劇社區工作坊，例如「石岡媽媽劇團」。

南洋姊妹劇團的演出　關立衡／攝影

鞋子與鏡子
——南洋姊妹劇團

「如果我們的努力只是演戲而已，
觀眾們也只是默默地看戲，
那麼心碎的只是我自己。」

——南洋姊妹劇團　洪金枝

這些年來，社區劇場在社區營造的加持下，如雨後春筍般蓬勃開展，一定程度找到了得以較有脈絡的實現劇場如何與社區想像聯結的場域。

然而，遠遠在文化公部門啟動社區營造前的幾些年前，「差事劇團」便以民眾戲劇工作室的名義，在民間弱勢團體間進行期程或短或長的「民眾戲劇工作坊」。其間，經歷了如何將菲律賓教育劇場的「基本綜合劇場藝術工作坊」和A·Boal波瓦的「被壓迫者劇場」，轉化為在地實務操作的歷程，更歷經了種種在社會／社區／災區實踐後的反思與辯證。

這樣的經驗，豐富了以民眾戲劇作為社區劇場方法論的「差事劇團」，得以在既涵容社區又跨越進社群的情境下，以社會及人的轉化為前提，進行議題性的劇場工作坊。

找到既自主又合作的鏡子

二〇〇九年，以幾近一年期間和「南洋姊妹劇團」的工作坊，是社群劇場的一項重要案例。

「南洋姊妹劇團」成功的推出了首演作品《飄洋的夢想》、《雨中的風箏》，揭開了民眾戲劇，超出社區劇場市民美好想像之外的界限，並在議題導引和演員內化角色生命上，有著顯而易見的進步。

民眾戲劇無論在社區或社群，都重視過程的對話與成果的展現。可以說，沒有過程的展現，便無法凸顯「培力」（Empowerment）的意涵；但，話又說回來，如果只為「培力」而專注於過程，無論如何，都沒能量拋出有庶民美感的戲劇生命，在面對觀眾的同時，演出便顯得貧乏。

因而，同時觀照過程和成果，既重視組織性且開發藝術性，是「南洋姊妹劇團」找到南洋姊妹自身在劇場表現中自主性的必經之路。在這路中，個人的生命感又是通往群體公共性不可避免的途徑。這大概是首演時，幾乎擠爆觀眾席，並在演出後連連受到好評，許多人熱淚盈眶走出劇場的原因吧！

因而，我從參與者金枝姊妹的話語中，學習到如何面對成功之後，下一個階段繼續前行的可能性⋯⋯。現在，回想起來，我有這樣的感想，主要來自於姊妹們從劇場中，找到一面得以自主又能夠和別人合作的鏡子。

這面鏡子平常就在姊妹們的日常生活裡，它藏在每一個人的心中。在工作坊的課程中，因為相互信任的培養，便促成了大家一起去討論，透過心裡的這面鏡子分享彼此的學習。

這樣的學習，因為不是單向地向老師（正確地說，應該是引導人）求教，而是老師也和姊妹們一起學習，終於在演出時，有了真實的表演。

在我想，學習戲劇就是要把「假裝」扮演別人，變成打從心裡出發地去「真正」扮演自己的角色，這就是鏡子的道理。

有意思的是，這鏡子竟然和鞋子，也發生了生活上的關聯。這是我和南洋姊妹一起上課時的重大發現。

開創兒童戲劇的新領域

二〇〇九年開始，劇場來了親切的朋友。她們是南洋姊妹，每隔一週的週日，都會在排練場裡現身，初始有些生澀，不那麼放得開自己的聲音和肢體。但，這樣的日子沒有很長，很快地，便有朗朗笑聲不斷地從劇場的周遭傳出，肢體也在遊戲和即興練習中解放開來。

有件事特別有意思，姊妹當中的好些人會帶孩子來參加工作坊，於是便在劇場的二樓會議廳挪開了桌椅，開闢了小型空間，為兒童戲劇工作坊創造了新的場域。

媽媽們經由戲劇互動交流的同時，孩子們也有了一起學習的玩伴。所以，週日的劇場總是熱熱鬧鬧，卻又互不甘擾，像似熱絡的市井，自有其生活的軌道。

一回，工作坊結束，我急著趕去搭車，到了門口，卻發現一雙鞋只剩一隻鞋，我找了又找，心中有些急，想說這下怎麼踏上馬路，趕往捷運的方向去！不一會兒，才在門縫旁找到了另一隻鞋。雙腳踏實，因為腳底下有了鞋。肩上揹著包包，這才感覺不那麼沉重地上了路。

走路，總需要鞋才行，它像移動的護身符，幫我們從一地送到另一地。這就讓我聯想起姊妹們的人生：從南洋家鄉嫁到島嶼此地來，飛行距離就算不遠，心頭卻不會那麼近的，特別是思鄉的時候……。

然而，她們畢竟是跨越了邊境，這是生活裡最真實的事情。這個跨越，也開啟了她們重新追尋自身主體的歷程。這歷程，在鮮活中不免是歷經層層關卡的……

「誰？我是誰……喔！他們叫我外籍新娘……喔！不……沒的事……我想重新找到自己的稱呼……」

命名，為自己重新命名。是這個稱呼的內在實質，一點兒都不是給自己一個表面的名字，就可以安心的事。命名，關乎內心的感覺，這感覺又和社會結構下，怎麼個被看待息息相關。

就這樣，從南洋來的姊妹走了一段又一段的漫漫長路，若不是靠著腳下那雙禁得起風雨、日照的鞋，當真還難以稱自己是「新移民女性」呢！

輔導南洋姊妹劇團海報 差事劇團／提供

戲劇帶來反思和自省的機會

鞋，在我腳下的，在姊妹們腳下的，都從此有了新的意涵。至少，隔個週日，我們的鞋將彼此拉到劇場裡來碰面，少一隻都不行的……。是的。我們靠近，在劇場中找尋相互的主體，這就得敞開心門互相學習。哪一天，又有誰的鞋掉了，我們一起幫她找，不讓她孤單地彳亍在茫茫的陌路上。

劇場排練室裡有兩面大得抵到牆頂的鏡子。大伙兒光著腳丫子在地板上穿來跑去，為的是這樣或那樣的身體表達的遊戲或練習。

有姊妹停了下來，在看鏡中的自己，女人愛美，誰不是？這是平常的一件事。我自然也這麼想，但，有趣的是，這不是家裡臥室或客廳中的那面鏡子，反映在鏡面上的，便也除了看鏡子的人之外，還有其他人的背影或側影，又或也在看鏡子，卻心情截然不同的姊妹的表情和肢體。

劇場裡常說，鏡子照出來的，除了表相的自己之外，還有心裡的自己。當然，另有其他一起在鏡面出現的伙伴。這是有意思的另一件事，讓我們好好說它吧！首先，心裡的自己，就是戲劇免不了要角色扮演，但在社群（或社區）劇場裡，這角色通常不是由劇作家寫下，再由導演分派給演員的；而是從即興練習中，由演員的內心穿透身體而表現出來的，這時，演的就再也不是和自己生命情境無關的某某人了！

這樣來瞭解劇場中的鏡子，便會明白，就算不去照真的鏡子，每一個登台的姊妹，其實心頭已有一面鏡子。因為，在舞台上喜怒哀樂的那個人，心中的鏡子就擺放在舞台下的日常生活中；相反地，在日常生活中準備登場或偶爾想起舞台上的自己時，也有了一面看不見的鏡子，擺在舞台上。

這是戲劇帶給人反思自己、看見自己、找尋自己的機會，錯過了！就變成了會搞笑的藝人或得最佳演員獎的大明星。因為，表演於她／他們而言，是換得聲名或財力的專業技能；於姊妹們卻當真就為了更明白雙腳踏著的真實人生。

腳下的鞋，找到共同的出路

人生，每一個活著的人都有。當有人進一步問自己：「我從哪裡來？又要往哪裡去？」這時，劇場的那面鏡子，便又會闖進問這些話的人的人生中。因為，人不是孤立地活在荒島上的魯賓遜，人和社會中自己所屬的群體關係緊密。於是，鏡子裡有了其他的姊妹……一起現身，先是看人生這齣戲的「我們」，而後，漸漸轉變成演人生這齣戲的「我們」，共同尋找從哪裡來，到哪裡去的方向，攜手走在社群劇場的道路上。

這路上，每個人雙腳下有雙鞋。走得也不一定就沒差沒錯，有時還南轅北轍也說不準。但，這不打緊，是必經的，有了鏡子照出大家的面孔，照出相互的感覺和理解，再一起出發時，那鏡子會提醒每雙鞋：「姊妹啊！別用異樣的步子，走向逃跑的移工，說她／他們破壞了新移民的形象噢！」更別因為上台演戲，為了博得掌聲，拚命妝點自己，而忘了一起在台上的伙伴。

我們怎麼來，就一起怎麼去，心中有面鏡子照著互相；腳下有雙鞋，尋找和我們處境相同的人們，共同的出路。

《荒原》劇照　許斌／攝影

舞場裡的骷髏

——王墨林的劇作《荒原》

王墨林以艾略特的著名詩作《荒原》，
編就了他的劇作《荒原》，
在國家劇院實驗劇場演出，引起熱烈的回響。
演出結束、掌聲響起時，
那掌聲儘管熱絡，卻不似喝彩般的興奮，
而是在一陣又一陣的響聲中，
似乎想繼續追問這到底是怎樣的一處荒原？

荒原在一個地下室裡，那是現實的所在。

在劇場的表現中，已被轉化成由舊報紙堆疊至頂的想像空間，壓迫感包含著現在居於其中的人物，以及人物的背景。記憶和現況在此交會，因轉喻的意象恰若廢墟，因此催生出現實的荒原，例如：廢棄物回收場；又或是精神的荒原，例如：囚禁中的眼睛的雙重想像。

這時兩個人物出現了！一個本省籍，一個外省籍，都是上個世紀八〇年代參與社運／學運的理想主義者。戲就從這裡開始，訴說的外造部分，是中年世代人熟悉的統、獨、左、右的糾葛；然則，這似乎只是場上的話語，潛藏在這話語背後的是荒原之所以為荒原的虛無、暗黑與絕望感。

用內心的描述親近魯迅

這樣的生命意識和感覺，在劇中革命和死亡兩件事看似無關，實則內在脈絡裡相互交纏的本質，展開著時而炙烈，更多時候是荒涼，並且從一開始就不會有結局的對話。

重要的是，為何要將對話回返往昔的歲月中呢？當然不是懷舊；相反的，難道是去點燃失溫的烏托邦的一把餘火嗎？我看更不是。而是在記憶如一灘死水的荒原中，挖出垮掉的烏托邦的殘骸，擺在人們視線的面前，看看會有怎樣的結果吧！

王墨林嗜讀魯迅。他用一種內心的描述，來形容親近魯迅的文學時，即便周邊有人往來，都瞬間退到很遠的地方，獨有他與魯迅的孤獨共處一個世界中。這樣的描述，不禁讓我聯想起，日本思想家竹內好在閱讀魯迅時，總會碰到那固定如影子般的舞場裡的骷髏。在孫歌的書寫裡，她傳神地說：「最終所有實體都會隱去，而這骷髏卻不知不覺間在人們眼中變成了實體。魯迅背負這個影子度過了他的一生，竹內好用贖罪文學為這個影子命名。」

在《荒原》這部作品中，既沒有舞場，更沒有骷髏。兩位人物非只沒有隨著旋律起舞，並且在持續的對話中，也充斥著面對記憶中現實與理想的拉扯，即便作者不斷詛咒的就是記憶本身，但記憶就像舞場中一幕幕轉換的醜惡政治，回過頭來，張開血盆大口，吞噬著無從在失憶中面對未來的兩人。

《荒原》的基調：革命與死亡

誠然，作為劇場裡的觀眾，經常圍繞在戲劇表現如何揭發現實的老話題上。質言之，一邊是現實，一邊是美學。布萊希特所謂「寧可去問現實，不去問美學」的說法，只有在美學太泛濫或太貧瘠時，才能被視作成立的言說。

《荒原》裡所直面的現實，就是記憶，因為這樣，反而映照出記憶尚未從現實隱去的狀態，也因此逼著我們找到一種美學的立足點，去收拾一片片被剝落而後被層疊起來的殘局。如是我們擴大想像來說，國家或世界就是舞場，兩個埋藏在理想幻滅的地下室裡，收拾著煙塵般往事的主角，被癌症疾病所包圍的肉身，便是用這靈魂中的骷髏，和漸失去自主神經系統的社會，或呢喃，或指控，或隱痛，或哭泣地擺盪在愈來愈華麗的國家舞場中。

緊接下來，最為關鍵的字眼，便是「贖罪」兩個字所衍生的意涵！如前所言，「革命」與「死亡」是《荒原》一劇的基調。圍繞在這基調上的，是意識與潛意識雙重的承擔。當這承擔超出了日常生活的背負時，便轉化成理想的共同符號，精神性伴隨物質性，如影一般與反思其境的生者日夜相隨，這是進出《荒原》中的王墨林，必然要身處其間的情景。

因為，面對一場其實是由左翼知識人所編織出來的革命場景，理想／幻想／憧憬都不免化作破碎的身影，在毀壞的烏托邦廢墟前徘徊浪蕩，畢竟，那是過高的浪漫現實主義。然而，迫在眼前的是，與此同時，「革命」已是一種無法抹去的渴望，就算再少的變革，能夠擊碎「解嚴」之於「戒嚴」的虛妄性，都是《荒原》中的一絲生機。

沒有出口的困局

劇中兩個人物，僅以或站，或坐，或躺，或埋入廢紙堆中的侷促性身體，引爆了一場兄弟般友誼的狠狠撕打，宣告著「革命」已在內裡碎裂成堆疊如天一般高的廢紙。但，廢棄的報紙曾經記載著該被掩埋的記憶，只是那記憶又泛黃地回來，用了弟兄般友誼的口，來逼問自身親手撕毀的允諾，稱作「烏托邦」。這是沒有出口的一種困局。

王墨林把這樣的困局拋給自己，以癌末病人的自況，或隱或顯地將他

《荒原》劇照　攝影／許斌

在著作《身體論》中引用的亞陶之說，不斷以身體的面對死亡，去對作為系統、制度的「器官」提出反抗。在這裡，我們理解了「死亡」作為救贖「革命」的一種方法。這是《荒原》以一部戲所撐起的關乎贖罪張力的舞台。它將困局攤在社會的面前，彷彿我們都無可避免地要在影子中，重拾靈魂中的骷髏，讓它變作實體，取代國家舞場中的繁花幻象。

在以劇場為表現載體的《荒原》中，「死亡」是一種隱喻，作為「救贖」的一種隱喻，如果，現實映照出來的是幻滅的鏡像的話。

直到永遠的勝利

——致「民眾戲劇」的老伙伴莫昭如

直到永遠的勝利（Hasta La Victoria Siempre）是切・格瓦拉告別革命後的古巴，
繼續前往玻利維亞山區展開叢林武裝鬥爭時，
寫給老同志卡斯楚及古巴人民的一封信中的最後一句話。
恰恰是在這樣的精神價值下，
我屢屢想起共同走過民眾戲劇近二十年道路的老伙伴莫昭如，
並再度引用切・格瓦拉的名言。

二〇〇七年，我在自己工作的「差事劇團」編導了一齣《闖入，廢墟》的戲碼。這劇結尾時，演員共同合唱主題曲歌詞的最後一段是這麼寫的：

他們以為囚禁我的身體／就能束縛我的靈魂
然而，我召喚這火／將我的肉體焚燒／燒得只剩一堆灰燼
於是，在灰燼中，我沉沒黑暗裡／和你一起沉沒黑暗裡
於是，在灰燼中，我發光／和你一起在灰燼中發光
於是，在灰燼中，我沉沒黑暗裡／於是，在灰燼中，我發光
在灰燼中 Hasta La Victoria Siempre
在灰燼中 直到永遠的勝利
Ha–s–ta–La–Vic–toria–Siem–p–-re

我無心並無意「消費」切．格瓦拉的革命理想，卻以他的名言作為志同道合的友眾間，相互激勵的詩句。理由僅僅在於我輩正逢上一個在劇烈變遷中，即便是稍稍進步的社會改造理念或行動，都不免在冷漠中被輕描

淡寫地帶過的年代。

在戲劇工作坊中相識

時代是孤寂的。然則，吶喊又近似不合時代的潮流。世界的變遷超乎人們想像的快速。上個世紀的九〇年代初，隨著蘇聯解體、柏林圍牆拆解、及中國朝資本主義疾速奔流的轉軌，全球資本化的市場性競爭，經由資訊、媒體的迅捷傳播，幾乎直接畫分了世界性貧富差距的再擴大化。

就是在這樣的國際變局與日漸進地滲透到人們的日常生活中，觀光化與消費化不知不覺地操控著文化意識的轉向的同時，我認識了來自香港的莫昭如。

巧合也是緣分，沒記錯的話，應該是一九八九年歲末吧！當時，我剛從停刊的《人間》雜誌卸下主編工作，就經由創辦人陳映真的引介，到南韓參加「民眾戲劇：訓練者的訓練工作坊」（People's Theatre: Trainer's Training）。

猶記得這項工作坊的時間長達近一個月之久。邀約了來自孟加拉、尼泊爾、印尼、馬來西亞、菲律賓、泰國、香港、台灣、南韓以及澳洲等地共約二十人左右的民眾劇場工作者，展開包括著組織、思想以及最重要的民眾戲劇操作方法的密集訓練。

工作坊在離首爾（當時的漢城）約三個鐘頭車程的一個山上公共舍房中舉行。我們一起度過白天吃泡菜吃到拉肚子，夜晚則喝韓式燒酒，因不適酒性與過量，而隔日頭痛劇烈的日子。

莫昭如不熱中菸酒，倒是談興很高，一聊就聊到夜深人

鍾喬與莫昭如　差事劇團／提供

靜而不止。最記得的是，他隨身都攜帶個水杯，以水代酒……。漸漸地，從談話中，知道了他從七〇年代開始，便在香港從事社會運動、街頭劇等，並參加托派組織的背景。

彌足珍貴的體驗和學習

那一回「訓練者的訓練工作坊」主要由「菲律賓教育劇場協會」（簡稱PETA）的Ernie Cloma主持。在每日長達八個鐘頭以上的工作坊時間裡，終而讓參與者有機會親身體驗，民眾戲劇在菲律賓這個典型的第三世界國家，如何透過一整套的理論和實務操作，在底層民眾間開展戲劇教育的過程。經由稱作「基本綜合性劇場藝術工作坊」（Basic Integrated Theatre Arts Workshop，簡稱 BITAW）的工作方法，非常具體地將戲劇作為草根教育的能動性，體現在人們的面前。

猶記得在多次分享及共同討論的時光裡，莫昭如談到，自一九七〇年代，他在香港從事社運和街頭劇，雖也積累多年以戲劇為社會發聲的經驗，卻一直沒有開展完整的工作坊實務操作法。「因而，這趟體驗和學習彌足珍貴……」理一理額前超乎一般人想像的一頭白髮，他朗朗的笑聲，劃破了夜闌的寧靜。

工作坊中，運用了綜合戲劇、音樂、舞蹈、繪畫、寫作、詩歌等表現形式，充分驗證了民眾戲劇自覺而自主地擺脫菁英劇場的歷程。在「菲律賓教育劇場協會」創立四十週年紀念之際，回想過去這近乎半個世紀的時間裡，世界雖歷經科技、交通、電子傳媒的大幅轉變，然而，一場全球化的市場經濟「洗禮」，非只沒有「洗」出更具前景的世界觀來，相反地，貧富差距的擴大化愈發讓弱勢地區的弱勢人民，身處於不平等發展的天秤一端。

莫昭如是這樣看被主流菁英們嘖嘖稱是的「全球化」潮流的。而大抵也就是從這樣的角度出發吧！我與莫昭如相似，都在工作坊的實際參與中，找到了知識分子具體展現文化草根實踐的可能性。

了解「香港在地化的發展」

在廣泛的亞、非、拉第三世界國家，存在著為數龐大的文盲，掙扎於飢餓線的邊緣，菲律賓自不例外，在開了門就直接目睹貧病、動亂、飢荒的社會裡，劇場的身體語言正以無窮的衍生性效果，取代了文字，讓弱勢民眾也得以表達她／他們的被壓迫經驗。這是民眾戲劇在進步性的意涵中，令人無從迴避的文化衝撞力。

往後的二〇〇五年，莫昭如在〈香港社區劇場發展概況〉這篇文章中，提到「過去二十多年來在香港出現社區劇場，粗略來說，大概可分兩種：推廣性社區劇場和變革性社區劇場」。

雖然，文中並未繼續開展他的論述，但就我的理解而言，推廣性應是以滿足一般社區民眾需要為主軸，所展開的非敘事性的劇場表達，說得淺顯易懂些，就是視戲劇呈現為某一次社區活動的花架，並未通過工作坊的過程，讓參與者在身體與意識雙方面，都獲致提升的功效；那麼，文中所指的變革性，則必然是具備著對話過程以及議題敘事性的民眾戲劇表現。例如，他提到的：「為失明人、少數族裔青年、勞工婦女及年輕更生者舉辦工作坊和演出。」

就像莫昭如所提到的，推廣性及變革性的社區劇場，畢竟在精神上有所差別。

未燃盡的理想，成為另類代表人物

人們常說，闊別三秋，身影異常陌生，這指的是，友誼間因人各有志而不知對方所作所為。這自然並非莫昭如與我的情誼。在超過二十年的歲月輪轉中，我雖隔海與莫昭如偶爾互通音訊，往來皆為共同舉辦民眾戲劇相關活動，卻一次比一次地在讚嘆中發現，由他手上散發出去的各式各樣工作坊的訊息，不說幾百項，也有近百項。

他在世界各處跑，為的是拉開民眾戲劇「另類全球化」的視野；很重要的是，回到香港本土，「在地化」是他永遠最關切的焦點，於是引介了各個相關領域的專業者，在社區或藝術中心開辦工作坊，開展劇場與社會串連的各種可能性，提供青年戲劇工作者多元的學習機會。

所以，每當亞洲民眾戲劇的朋友跨越國界前來相遇時，都會帶點玩笑的口吻，幽默地說，「Mok（莫昭如的英文名字）？他是跑得最遠，也住得最近的鄰居。」

這麼說來，形容莫昭如是民眾戲劇「全球在地化」（Glo-calization）的代表性人物，當真一點也不誇張了！只是，別忘了在前面加上一個「另類的」或「另立的」字眼，就是洋人說的「alternative」的意思。

然而，就像莫昭如所提到的，推廣性及變革性的社區劇場，畢竟在精神上有所差別。

因而，莫昭如有了以下的省思：「由於香港是一個現代化城市，交通四通八達，跨區快捷容易，劇團一般會發覺參與者來自四面八方，社區意識薄弱，所以工作坊完了，結業示範演出完結了，主辦單位離開了，也就曲終人散。」

這樣的省思，我和「差事劇團」也有過非常類似的經驗。

具體的面對，則是在一九九九年，台灣發生「九二一」大地震後，我們終而有幸在石岡災區遇上十位勞動婦女，與她們展開工作坊，並於日後出於她們的自主性，而成立了「石岡媽媽劇團」，直到二〇一〇年，仍然繼續在社區中展開社區劇場的互動及演出。

年輕時，莫昭如有過烈火般燃燒自身理想的青春。他這樣子形容自己：「我們想搞一場世界革命，終結剝削、壓迫、貧窮、官僚控制、獨裁、威權／極權統治、戰爭、不平等、種族主義、歧視等。我們想要全面的改革社會。而要達到這個目的，必須大多數的人民也有同樣的希望，有意識的以此為目標。」

時間過去，歲月過去，「一場世界革命」並沒有具體的發生，然而，未燒盡的理想，既使只剩灰燼，也映照著理想主義者皺紋滿布的側顏吧！這側顏中，有一張是滿頭白髮下仍炯炯發亮的眼神，像似在對人們說著：「來吧！未來，就在翻過高牆的那一端。」

時間來到二〇〇六年，我和莫昭如都經歷了「亞洲民眾戲劇」的洗禮，並進一步穿越橫跨東亞版圖數十年的冷戰防線，和南韓、上海、北京、日本的伙伴們，展開了「東亞民眾戲劇聯絡網」的形構，並且再度將「民眾戲劇：訓練者的訓練工作坊」搬上枱面，由更年輕一輩的民眾戲劇工作者來共同參與。

這之前的二〇〇五年，我和莫昭如在南韓民主解放記憶的核心城市——光州，共同參與了一場稱作「亞洲廣場」（Asian Madang）的藝術節，針對那場融合著劇場與民眾變革記憶的匯聚，我留下了一段話，至今，仍可作為與莫昭如及其他更多民眾戲劇伙伴的臨場對話。我是這麼說的：

「我們幾乎無法以現今出現在亞洲的各式藝術節來類比。說得更具體一些，現今種種亞洲的戲劇網絡幾乎甚少深刻切入民眾生活於歷史和現實的批判與反思。但，發生於光州的戲劇聯演卻無可避免必須具備這樣的性質，經由對於這樣性質的不斷質詢和討論，或許我們才得以稍稍拉出一個免於被文化商品所『異化』的藝術表現。」

共同走過民眾戲劇的伙伴

這之後的二〇〇七年，在香港「國際教育劇場／戲劇協會」（英文簡稱IDEA）的開幕會場，莫昭如神色奕奕地出現在大廳裡，和來自世界各地的社區暨教育戲劇工作者、專業人士、教師、訓練者共聚一堂。

他已然是此次盛會的核心人物，並且驗證著他一貫以來「全球在地化」的戲劇視野。當然，我不會忘了在他的左胸口浮貼一張「另類的」或「另立的」貼紙，做為國際新左翼民眾劇場的辨識指標。

認識莫昭如，堪稱偶然。然而，恐怕也就在這偶然所燃起的火花中，讓原本彼此不識的我們，因著對於民眾戲劇的共同想像，望見了相互間在火光中通紅起來的臉。

更重要的是，莫昭如引領我用另一種視線去看香港。漫長的冷戰歲月中，由於兩岸的分斷，我們總是經由香港這層關卡去試探大陸內部的風風雨雨，一直到今天。

認識莫昭如，才從他忙碌工作的快節奏中，體會到城市高樓的摩登景象底層，在尋常百姓的陋巷中，經常進出著他以及和他一起工作的年輕伙伴的身影。

這樣的意涵，在一片新自由主義彌天蓋地而來的浪潮中，尤具大同社會的精神，不容輕忽且令人欽佩。恰恰是在這樣的精神價值下，我屢屢想起共同走過民眾戲劇近二十年道路的老伙伴莫昭如，並再度引用切・格瓦拉的名言：「直到永遠的勝利（Hasta La Victoria Siempre）！」

是的，直到永遠！

第二部：在天空下

《台北歌手》劇照，陳文彬飾舞影　胡福財／攝影

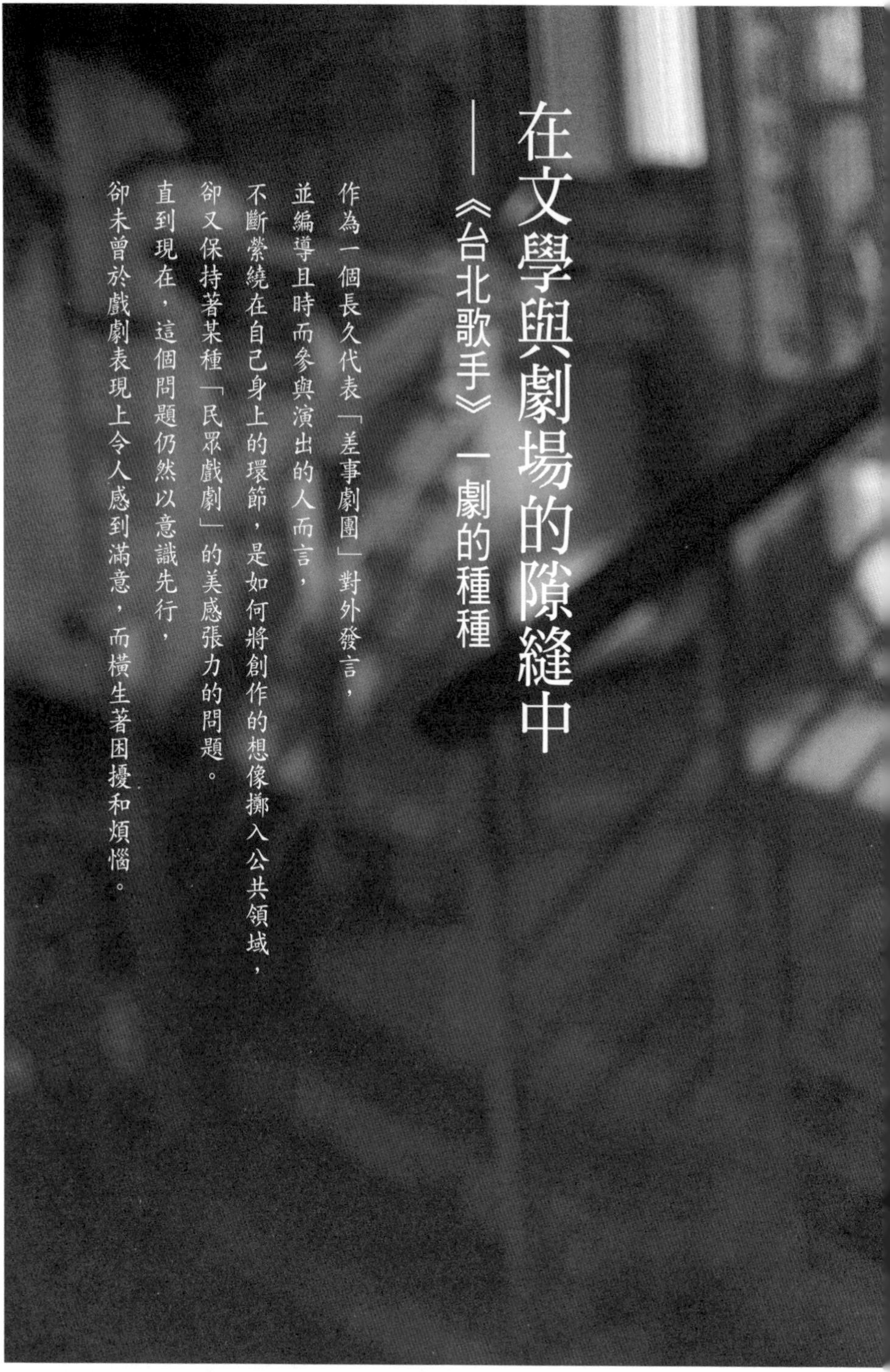

在文學與劇場的隙縫中

──《台北歌手》一劇的種種

作為一個長久代表「差事劇團」對外發言，
並編導且時而參與演出的人而言，
不斷縈繞在自己身上的環節，是如何將創作的想像擲入公共領域，
卻又保持著某種「民眾戲劇」的美感張力的問題。
直到現在，這個問題仍然以意識先行，
卻未曾於戲劇表現上令人感到滿意，而橫生著困擾和煩惱。

套用前輩作家陳映真先生的話語──怎麼寫，亦即所謂的寫作技巧的事情，是作為作家的必備條件；然則，寫什麼就成了對文學的公共面，抱持思想意識的作家，要去不斷琢磨的課題。兩者合起來，可以統稱為一個作家的修養。

這樣的描述，也能因應在一個劇場工作者身上。只是，回想起來，要將兩者做出既有思想又有美學表現的統合，誠然並非「有此意願或傾向」便得以「順理成章」的一件差事。「意願」、「傾向」代表的是一種熱情，「成章」與否，還得有各種條件的總體匯合，才能成為顯現在公眾面前的作品。

更何況劇場這件事，若說是因應著主流或商業機制而走，大抵瞄準了市場的可能性在哪裡，也就可以通關前行了！不必去問「為什麼演？」、「如何表現？」以及「在哪裡發生？」一類看似簡單，實則複雜且基本的問題。反之，恰恰因為是另類劇場、小劇場、民眾劇場，便得去思考、提問又或帶著批判性的反思，釐清或回應諸多迎面而來的境況。

國際藝術村的出現

如果，將這些境況擺在《台北歌手》的演出製作上，我們得出來的，不會是一個理所當然的結論，亦即，不會是早就該在目前的設定時空下發生的戲劇表現。讓我們稍作回顧，約莫從二〇〇八年起，「差事劇團」因著贊助人的撤場，面臨營運上的改變。也就是在相同的一年，我們規劃了「文學與劇場迴流」的三年計畫。

「文學與劇場迴流」的三年計畫，現在看來，都不是直接搬演文學作品，並且也稱不上是改編作品。其初衷，不外是期待劇場的想像性，能賦予文學創作嶄新的內涵，並在文本的對照上，產生既融合且對抗的效果，將文學的時空拉到劇場的表現界面上來。當然，這帶來了正面及負面的批評，也並非太難以被想像的事情。

這三年計畫為：

一、二〇〇九年呼應陳映真創作五十週年而製作的《另一件差事》，是由陳映真的小說《第一件差事》延伸創作的劇作。在「牯嶺街小劇場」演出。

二、二〇一〇年由吳音寧的報導文學作品，延伸重新創作以糧食主權及基因改造為主題的劇作《江湖在哪裡？》，於電影公園搭帳篷演出，並赴北京皮村工友之家演出。

三、二〇一一年，延伸以呂赫若被情治單位早期的祕密檔案稱作「台北歌手」的名義，而編作《台北歌手》一劇的演出。演出地點在寶藏巖的山城戶外劇場。

重要的是，《台北歌手》為何又如何在寶藏巖發生的呢？從「差事劇團」的角度而言，現實上，為因應原本場地的歸還予贊助人，二〇〇九年起便積極尋找劇場的新落腳處。那時，恰逢規劃經年的寶藏巖國際藝術村將於二〇一〇年開村，便也萌現將劇場回返到二〇〇四年曾經在此演出《潮喑》一劇的現場來的想法。

一切並不容易。困難的倒不在駐村的行政手續上，因其有一套客觀的評比標準。相對地，是寶藏巖的歷史背景，及其所衍生出的藝術與社會辯證的問題。稍知寶藏巖變遷轉折的人，都不難分曉現今國際藝術村的出現，其實是文化治理與都市社會運動協調而出的折衷方案。

「差事劇團」在文化政策的脈絡

對這樣的事實，我與「差事劇團」團員們的共識，是經由住民訪談、內部討論及與藝術村治理單位的不斷對話，而生產出相對自主的立足點。基本上，我們的想法是「差事劇團」作為一個民眾戲劇的團體，並不是截然對抗於體制的，而是在文化政策的脈絡中去尋找藝術本身，就是一種反抗政治。

從二〇一〇年初，駐村啟始，劇團便積極推展由劇團新生代團員李哲宇所編導的《無中生有．返身》一劇，以戲劇表現具體呈現：在寶藏巖形成現今歷史聚落的情境下，當藝術介入空間時，相關於藝術創作與社會之間的連帶關係。這一齣戲，儘管只有五十分鐘之長，卻集中能量，以穿梭現實和魔幻的手法，凝練地表達了，在當前以文化作為商業交換的機制下，如何重新思索藝術作為社會一環的想像。

大體上，也就在這樣的前提下吧！《台北歌手》將以另一種角度，持續追索《無中生有．返身》一劇，所遺留下來的問題。應該這樣說，當歷史聚落被保存下來之後，某種文化觀光的想像，會以自外於社會或歷史脈絡的姿態，被人為或自然地置放於這樣的空間中，以形成對於某種懷舊的美感，並依循這樣的系統，在文創商品的想像下覓得商機。

包裝「革命」成為品牌的市場潮流

而如果，我們誇大化這樣的文化商機現象，接下來的便是如何打造文化商品的「品牌」的問題了！其實，文化形成資本積累的一環，藝術與市場的緊密謀合，原本就是當今世界的普遍現象，稱不上什麼可以大書特書的。但，其中有一件事情值得特別對待的，卻是我們從這裡得到了什麼？又失去了什麼？

《台北歌手》由此切入，並藉題發揮，亦即，將昔日時空下以投身「革命」而受難的記憶，擺到當下時空的解剖台

《台北歌手》劇照：酷感與 rock　胡福財／攝影

上來驗證。於是發現，過去在理想主義的旗幟下逆風而行的「台北歌手」，如今，被搖身一變，成了得以包裝「革命」成為一種最佳品牌的市場潮流。

品牌是一種風尚，一種趨勢，一種無法抵擋的誘惑，這都說明了現今文化商品風潮的無孔不入。因而，行銷革命對於革命記憶本身，就是透過商品化的手段，讓人們輕鬆享有一份原本是沉重的抵抗。然而，抵抗重要嗎？人們或許要問。其實，倒也不是抵抗重不重要的問題，而是它能帶來什麼樣的反思的問題。

如此一來，《台北歌手》既不在以古諷今，更不在彰顯已然在時間中褪逝的理想主義風貌，而是在凝視品牌革命又或革命品牌所帶來的商機，將對殘破的歷史記憶、製造此一品牌的底層勞動者、複製化的虛擬世界，

《台北歌手》劇照：鐵女郎與毛妹　胡福財／攝影

以及最重要的，置身其中，視品牌創意市場如宗教信仰的人，帶來何等巨大的衝擊？

創造出表演、展覽或活動的處所

當然，值得一提的，還在於《台北歌手》演出的空間，主要是因應「差事劇團」進駐寶藏巖國際藝術村後，希望在此外貌上畸零層疊，內部又飽涵都市再造時，遺留下的種種抗爭、整合、治理的場域中，形構出一個得以用來表演、展覽或活動的地方。

在這個被搭建起來的移動式戶外劇場中，以簡易的鋼構支架聯結鋼索所撐起的帆布，條件簡單而呼應寶藏巖層疊蜿蜒的歷史記憶。雖不是複製昔時違建造屋的想像，卻有意在穩構的劇場黑盒子之外，創造和寶藏巖從斷面般的光影中，所折射出來的空間樣貌。

在這個稱作「山城戶外劇場」的表演空間裡，我們像似在曲折的寶藏巖時空中，拉開了一扇移動的門板，我們走了進去，才發現，原來一切等在面前要去探索的種種不確定，就是這個空間，從記憶的另一頭所稍來的信息。那信息裡有原本這個城市一心想遺棄的違章、破落與暗沉；也有如何一心想重構這個藝術聚落的驚訝、嘆息、歡欣與沉重。

重要的，還是意圖聯結藝術、歷史與社會的《台北歌手》，是「山城戶外劇場」一個開始的嘗試。對於在寶藏巖，或更擴大來看的台北都會，它不會作為一個僅僅為貯藏懷舊美好品牌的空間，這才是開創這個空間的出發點。

2005 年《敗金歌劇》以泰勞抗爭為背景　差事劇團／提供

天空

——外籍勞工「彬」和他的伙伴們

上了黑名單，要再來，就難了。
「彬」和他數以千計的泰勞弟兄們
正以另一種無以名狀的憤懣之情，
度過往返工地現場與住宿區域的日日夜夜！

「彬」，我們這樣用中文譯音稱呼他，多少帶著點親切的意圖！但，這樣的意圖，在一場集體暴動中，幾乎全然喪失了語意上的任何「弦外之音」。像「彬」這樣的泰籍勞工，在高雄岡山捷運工程偌大的宿舍區裡，只是眾多勞動身影當中的一員。或許，為了管理上的方便使然罷，在他深褐色的皮膚底下被烙上一個入境隨俗的中文名字。

就在這境內的天空下，「彬」和他數以千計的泰勞弟兄們，正以另一種無以名狀的憤懣之情，渡過往返工地現場與住宿區域的日日夜夜！

上了黑名單，要再來，就難了

這一天，日暮因著天候陰晴不定而早些夜暗下來的晚餐時分，「彬」坐在一張看似新買來的、白色的塑膠海灘椅上，他的眼前是一片被刻意修整而顯得整然的草坪。今年四十三歲的他，頎長而壯碩的身形，透著幾分憨厚和羞澀。當談到要採訪的事情時，他一直保持幾許矜持而微笑的眼神，突而收束得慎重起來，像似在無言中透露著，這數個月以來，始終彷徨於他內心深處的憂慮與不安。

我順手將手邊的筆和紙不經意地放在桌面上，掏出衣袋裡的香菸，幫「彬」和自已先燃起了鬆綁緊張氣氛的火星。夜色中，彷佛出現了兩張逐漸從陌生的暗影裡露出顏面來的臉孔。一旁幫忙翻譯的小張是泰國華僑，中文和泰語流利運作，顯現出他討好而靈光的人格特質。

這時，「希望職工中心」的同行伙伴——麗華說話了！或許由於長久浸淫在處理外勞的人與事上，她一貫體貼並熟稔得不讓人感覺絲毫刻意的語氣，適時打破了隱藏於暗夜中的隔閡。

「經歷過這多麼的波折，你還想再來台灣工作嗎？」她關切地問著時，「彬」的菸頭上還懸著一截沉默的餘燼，不過半晌時間，「彬」立即點著頭，認真地說，「想再來……我還想再來……。」並且，趁捺熄菸燼的剎那，稍傾過身來，細心地朝暗黑中問了一句：「會不會不讓我來啊？」

「彬」，只會說問候式的中文。小張的翻譯成了重要的橋梁。「他是問你們說，會不會被記到黑名單上去，以後要來就難了！」

「黑名單？」因為，「彬」被指控是策動罷工暴動的四名泰勞當中的一位，而相關的刑事調查，明日就要在高縣法院開庭。就說嘛！小張是個靈光的翻譯人才，「黑名單」這「戒嚴時期」經常出入耳膜的用語，現在竟然從一個飽受剝削的外勞口中，被適時轉介地翻譯了出來。我和麗華一時都噤聲了！不知該用怎麼樣的話語來答覆對方的疑惑。

倒是我不知如何是好的眼神，似乎在熟稔外勞事務的麗華臉上，找到了某種無言的回應！像似在說「已經這麼慘了！為什麼還要回來呢」！

其實，「彬」希望再回來工作的事情，也不需要長篇大論費口舌才解釋得清楚。說穿了，他的「希望」是被他的處境所「綁架」的，也就是說，他不是出於自發意願想再來工作，而是有不得已的債務要償還！這麼說來，他是被債務給「綁架」囉！那麼，到底是怎樣的債務把他給綁得喘不過氣來呢？稍稍了解外勞困境內幕的人，都不難得知的「仲介」費用了！

「有一天，我發現扣除租田費用後的收成，不夠讓我買種籽時，我決定無論如何要到台灣來工作……。」「彬」這麼說時，他的語氣顯得比他面無表情的臉色，還有一層更深的無奈。

自幼在家耕田種稻的「彬」，和當今第三世界國家的大多數農民一般，在「全球化」市場經濟強力無情的推擠下，淪為世界主流輿論、媒體視覺焦點之外苟延殘喘的弱勢群落。在無人問津，或說國際「非政府組織」無暇關照到的資本浪潮衝擊下，沿著階級貧窮線攀住求生的最後一道繩索，載浮載沉，終而追尋到外移傭工的存活途徑。

「鄰居介紹我去仲介公司的辦公室，一個穿著體面的人，攤開白板上的業績，說是薪水又加班，每個月少說兩萬五，多則三萬，並不難。我心動了……。」「彬」說著，讓雙手在膝蓋間搓著。問他怎麼回事，說是前不久，工餘時，一失神跌倒後受了傷，剛開完刀，傷口還在正縫合中。

血汗耗盡，尚不夠還仲介費用

就這樣，「彬」從家鄉動身了！但，事情並不是將種田的勞動轉換到工地的勞動，便得以了卻他每天守在貧困農地上的渾噩！

因為，他首先得湊足換算成新台幣二十萬元的現金，繳給仲介公司。他有些苦惱，卻也一時沒有應對的想法和辦法。「就用自己少有的一些田，還有抬頭望了幾十年的屋子作抵押，索與向銀行貸款去！」為貧窮解套的辦法，沒比其他人高明一些些！是啊！再古老和簡單也沒有的辦法啦，貸款去！他屈指一算，「每個月省吃儉用，還個兩萬元，十個月就還完了！」「彬」的案例，一點不特殊，應該說再普遍不過了！也不是他算來算去，少算了根指頭。問題就出在於，他千算萬算就怎麼也算不到的一句話：天下沒有憑良心辦事的移工仲介。

狠被仲介剝了兩層皮

經常處理外勞仲介爭議的麗華表示，外勞母國的仲介費通常和台灣的仲介業者互通有無，談好抽成價碼。一旦人在此地的工廠現身時，又有另一套包括仲介、管理、住宿、飲食的費用，逐月從薪資中扣除！

「牛皮也只一張，他們卻得被剝兩層皮。好一個自由經濟的遊戲法則。」我說。

小張意會了一半我的話。但，他機靈地沒翻譯給「彬」聽，也算為我小知識分子的良心衝動，提供了適時的庇護，免得患了「拿人苦難作文章」的尷尬而不自知。

「彬」沉默地抽著我替他點的第三根香菸。問他，「還好嗎？」這句

「國語」，他聽懂了！連忙靦腆的笑了起來，回應我的關心。他於是愈加耐著自己原本就不興波浪的性子，回憶著初次來台工作的點滴。「那時，在台中一個興建焚化爐的工地作工，十八個月的工期下來，折合新台幣，總共寄回家十七萬，還欠銀行三萬元。」小張翻譯時，順帶說了在東南亞謀生的華人，比較懂得理財的話，例如，回家鄉時，可以轉行做個修機車或腳踏車輪胎的小生意一類的，再想辦法還債。這樣的安慰，像似以勤勞的座右銘勸舉債的窮苦人忍耐生活的波折，說者諄諄，聽者渺渺。畢竟，小張是華裔第二代，做小生意的辦法是有的，但「彬」認得的就是他家鄉的那塊水田，這多少道出同為賺口飯吃而離鄉背井的他們，在社會構造的底層，對於如何處置金錢這碼子事，還真是不同！

離鄉背井，出賣勞動力，最後換來的竟是連付「仲介費」都不足的下場。「彬」用一個生活中的男性「字眼」來形容自己，說是「賭」啊！我心想，這是賭命啊！一點都玩笑不得。

這時一旁的麗華問起了工作時間正不正常的事情，就聽「彬」帶點怨悔的說，「才五點鐘，就收班回來了！他們（指仲介廠商）原本說每天都可以加班的。」聽這麼一說，我恍然大悟，「賭」的就是加班費啊！也就是說，頭一回工作期滿返鄉的「彬」，因尚歉銀行三萬元貸款，於是興起了再度來台工作的念頭。

「這樣好嗎？你不是又付了另一個二十萬嗎？」我心急地問。

「這次好些！只收十二萬。」他苦笑著說，「但，他們說有加班費可以賺的……。」

就是在這樣赤裸的仲介剝削下，「彬」與多數前往海外打工的外勞相同，心想先出賣一年無償的勞動力，便得以賺些血汗錢回家，於是從貧困的農村探出個腦門來見見這陰晴不定的世界。誰料到，頭殼都沒冒出個影子，就連本帶利給捲進一場差些滅頂的金錢伏流中。「連本帶利，一共欠了銀行二十萬元。」說這話時，「彬」像似整個人的上半身都上了電似地，黏貼在硬梆梆的塑膠椅背上。

2009 年《另一件差事》也是演出海外移工的問題
差事劇團／提供

我於是發現，時間真是「彬」或者像「彬」這樣的外勞的死對頭。因為，無論就身分認同或社會位置而言，他們都以第三人稱的處境，在市場所構築起來的世界邊緣，用最原始的勞動力，換取被生存底線切割成碎裂片斷的工時。問題在於，就算他們要付出再多勞動，也得視市場的需求來衡量。

剝削利爪，伸向生活的囚室

夜，被窒悶的風給包圍著。連棟的鐵皮宿舍屋頂下，隔著一片被地燈打亮起來的草坪，映現著這樣或那樣勞動之餘的身影。日光燈下的側影，一概地有種灰漠的感覺，像似生產線上「轟隆」巨響的重機械聲，在歷經一整日無間無息的操作後，終而遺留下一片等候著要被彌補的空洞。那空洞裡，進出著雇傭勞動者尚且不知如何吶喊的靈魂！因為，等在空洞的另一端的，必將又是另一個明天的血汗與搏困！

夜的這一頭，我們坐在幾張刻意輕鬆地擺置得像休閒園地的桌椅上。「這裡，就是去年發生暴動時，被火燒掉的管理中心辦公室。」小張用流利的中文解釋說。

我抬起頭，望著夜空上，恰有一片烏雲，從城市的那方飄過來，就盤桓在宿舍鐵皮屋頂的上空。去年，八月二十一日的週末夜裡，沒記錯的話，我是在參加一個文學研討會之後，穿越一處公共廚房，打算去用餐時，恰好隔著紗門，從電視螢幕上，看見同樣是夜暗的天空下，鎮暴警察全副武裝，朝著宿舍區裡集結……不久，石塊如傾盆的雨陣，從宿舍裡丟出來，辦公室玻璃陸續被砸碎，而後是火光在屋內竄燒的場景。

「他們不是指控你參與策動暴動嗎？」我問沉默著的「彬」：「你也丟石頭砸辦公室了嗎？」

在小張的翻譯下，我於是明白了，「彬」當夜在積壓已久的憤懣之下，確實拿石塊砸了廠區路邊的水銀燈，但他卻列名為暴動的民事和刑事被告人之一。

發生於高雄捷運岡山宿舍區的暴動，在事後相關媒體的報導中，大抵和住宿環境惡劣息息相關，一千兩百名勞工被像動物般圈禁在通風設施極度不良的鐵皮屋裡，生活大受侷限，自然引發不滿。然則，深究暴動背後的原因，卻和不當且粗暴的管理措施脫離不了關係。令人扼腕的是，負責生活管理的竟然是弊端連連的仲介公司：華磐家族企業。

將引進外勞事務委由「仲介」業者牽線或管理，看似符合勞動力在國境之間流動的邏輯。掀開業務表層，卻透出層層腐敗的氣息。首先，仲介業績上出現的數字，並不是以勞動力這樣的實體看待外勞的存在，而是以「人頭」來核算共有多少仲介佣金得以抽成。單舉牽涉官說弊案連連的「華磐」公司為例，引進一名外勞，就能和泰方的「仲介」瓜分少則五萬元、多則八萬元的仲介費，若以一千七百名外勞合算，是高達八千萬到上億元的利潤。難怪爭食大餅的仲介公司，會張大利爪、無所不用其極地將外勞以「數據化」方式來歸類進檔。

昏暗夜色裡的靦腆笑容

更要命的是，像「華磐」這樣財大勢粗的仲介要角，賺足了「前金」的人頭費後，猶不知足，進一步將利爪伸向外勞的生活管理，從中收取食宿、管理費之外，還要求泰勞需以代幣在福利社購買高於市場消費的生活食品。「泡麵一包，外面賣十元；福利社賣十二元；礦泉水一瓶十元的，要賣十五元；還有牙膏二十五元的，這裡賣三十元。」小張記憶猶新地說。

另外，強制在宿舍區內只能打公司安置的公用電話，不得打自己的行動電話回家，是另一項讓泰勞感覺公司中飽私囊的作為。「還有，就是電擊棒了！暴動發生那個週末夜，幾個弟兄出外喝酒，從大門回來，就在這管理室遇上管理人員，拿出電擊棒來……。弟兄們一陣抵抗，事情愈演愈烈，便一發不可收拾！」小張說這話時，我們一行來訪者已起身準備話別。

「彬」站起身來，撐著讓他一跛一跛行走的膝蓋，領著我們走向他們的住宿區。穿越刻意擺置著一尊八面佛的金色神龕時，恰好有一輛滿載著加班泰勞的遊覽車，從我們身旁駛過，帶回一副又一副在夜色中疲憊而去的身影。

望著有班可加的同事，從車上魚貫走向餐廳，「彬」看似一臉的憂忡。我關心地問著，這才經由小張的翻譯透露他很是擔心明天上法庭的事！我鼓勵著他說，「就目前的情勢觀察，應該不會有什麼大事的。」這麼說時，就從夜色的昏暗裡，似乎側見「彬」黝黑的臉頰上露出了憨厚而靦腆的笑容來！

勞動的不等價交換

就是這憨厚而靦腆的笑容罷！讓我回想起出發來高雄之前，曾在台北的「台灣國際勞工協會」（英文簡稱 TIWA）和顧玉玲秘書長有過一席談話。TIWA 因為舉辦一場公開記者會，讓「華磐仲介公司」不得不以一元來替代先前索賠泰勞二千萬元的賠償。對於此行是否能見到被起訴的四位泰勞，她不表樂觀。「因為，就在記者會後隔天，岡山泰勞再度集體罷工。」顧玉玲說：「高捷和勞工局先是以為罷工是我們策動的，但我們怎麼會在這節骨眼的關頭，策動罷工呢？經解釋後，已達成默契，不過，那邊的情況還是不很明朗……。」

是啊！就如顧玉玲所說的，我們是一直到進入了宿舍區，和新上任的公關經理見面後，才確定此行得以經由翻譯的媒介，和「彬」以及「沙朗育、叔尚、朋」四位被刑事起訴的泰勞，一起坐下來進行訪談，並在公關張經理的陪同下，在宿舍區深入地走訪了一回。

長久以來，在台移工人數多達三十萬以上，他們在全球性勞力市場的自由販賣浪潮中，從自己的家鄉，被以機械或物件一般的待遇，移置到諸多因產業日漸蕭條的夕陽工廠中，又或在重勞動現場，以最低的基本薪資，付出青春的血汗。一旦置身勞動現場，得立即面臨被以「奴工」狀態對待的處境，究其因，勞動力在市場機制中被資本肆意「異化」，實是主要原因。即便接受自由市場得以公開買賣勞動力的前提，買方得以和「仲介」以利益為依歸，對賣方予取予求；賣方卻只能像出賣勞力的「奴工」一般，受盡非人道的折磨。就以法論法來說，外勞「不得自由轉換雇主」，便是再鮮明不過的不平等「條約」了！

家鄉小吃，得來不易

高雄捷運工程引發的仲介業務弊案何止一樁，甚而往上發展成為政治醜聞。就在「弊案」、「醜聞」因泰勞罷工而曝光之後，社會焦點甚少再度將目光擺回外勞的人道關懷上，對於有「人口販賣」之嫌的外勞政策，更不思深刻檢討。如此，就算弊案讓人們對現今虛構的「民主」政治，終而有所理解，恐怕仍將視貧窮國家的勞動者，為市場上理當論斤秤兩來宰殺的俎肉罷了！

夜有些晚了！為了明日法院開庭的事，「彬」和幾位被告都得早些休息。走到宿舍區門前鐵皮屋的外圍廊道上，看見幾位在路旁的夜色裡賣家鄉小吃的泰勞朋友，近身一看，發現他們正用瓦斯爐的火燒著熱鍋裡的小菜，一旁還有一包包用簡易塑膠袋捆緊的現成品。「一包二十元。」坐在攤子後頭的那人，用他壯碩的、黝黑的肌膚，頂著一臉樸實的笑容說著。

隨興撿了兩包，從口袋裡掏出一只五十塊的硬幣，我心想著：「這小小生意，也都是抗爭得來的權益罷！」

我頭一回發現：從對方手裡找回的硬幣，竟是堅硬得有些刺痛人的東西。「喔！它是錢耶！老兄。」我只是這麼沒頭沒腦地，打心底回問了自己一聲！

夜，已經等在天空那頭了！我擔心著，天空再度亮起來的明天，「彬」和他的弟兄們，將如何在冰冷的法庭裡度過一個令人不安的下午！

2008 年　亞維儂藝術節《影的告別》劇照　差事劇團／提供

冷戰封鎖下的民眾文化

韓民族在民眾的反帝、反獨裁鬥爭中，
辛苦爭取來的民主果實，
誠然可以在這紀念碑石的仰天姿勢中，
找到人們對革命者受難的崇高尊重。

車行，沿著凍冷的高速道路。窗外，奔急的江水，在蜿蜒的山脈和忽隱忽現的日光間，沿著一道邊界流淌著。

「有沒有……那鐵絲網穿過……就是分界線。」韓國民眾戲劇的年輕朋友，用不順暢的英語和我比手畫腳，拉著嗓門大聲說著。車窗外的景象，稍縱即逝，我一時也分辨不出，他手指的遠方哪裡是鐵絲網？哪裡又是蔓草橫生的冬日荒丘？

手裡握著「Kimbak」的韓式壽司。上車時，就聽說，這是民間的隨身食物，不可與習知的日本「壽司」相提並論。我心裡明白，就更用心地吃著，倒也不是為了要吃出什麼民族的、民眾的「反帝」情感來，只當真感覺海苔緊裹著白飯的結實，的確和稱作「壽司」的日式精緻美食，有著極為不同的口感。

「好吃嗎？習慣嗎？」年輕朋友溢開了一抹期待得到肯定答案的笑容來。「我們就快到了！」

「嗯……嗯……」我點頭笑著回應他的熱情。

民主受難墓園的聯想

儘管，這麼許多年來，在討論東亞冷戰的文論中，耳熟能詳地閱讀著相關於南、北韓分界的三十八度線，卻在身體置入時，一時難以想像，兩韓對峙的分界區，就在距首爾不遠的此處。

分界區就近在腳底。冬日裡，瑟縮著身子，我們得換車，才能進到警戒區。我一下了車便發現，不遠處有一賣紀念品和供應餐飲的平面建築，另一側的小丘上，一座古老亭台，掛著一只和平鐘似的藝術品，工整的書法，予人典雅素淨的印象。往前，我們步行來到已被封禁的老鐵軌的分界鐵網上，寒風中，弔掛著盡是期待民族統一的抗爭頭巾。這必定是從許許多多社會運動場合遺留下來，而今，攀落於時間

2008 年　探索冷戰風雲下的劇作《影的告別》劇照之一　差事劇團／提供

殘痕上的、激切而悲忿的吶喊吧！

在廣場上停留，看著同行的伙伴四處拍照，便有些異樣的感覺在心頭起伏著。點了根菸，四處張望，不知怎地聯想起兩年前的五月，初初踏進光州近郊「民主受難墓園」時的那一瞬間。沒記錯的話，聳及雲天的紀念碑是二〇〇二年豎立在偌大的紀念園區。碑形由兩片滑向天際的、像似雲彩般的大手，護著一顆象徵生命希望的石卵。

韓民族在反帝、反獨裁鬥爭中，辛苦爭取來的民主果實，誠然可以在這紀念碑石的仰天姿勢中，找到人們對因抗爭受難革命者的崇高尊重。

當我在碑前默哀，表達無比渺小的景仰和欽佩之情，心中不免同時想著那些時日前後，不斷在南韓每日電視新聞和報刊聽閱到的、關於政府打算挹注龐大資金，讓光州成為全南韓最具指標性的觀光文化城市的訊息。

就像「韓流」成為一種價值傾向的趨勢時，我們總不免擔心商品化帶來的巨潮，是否不著痕跡的就吞沒了人們對於苦難記憶的真實感？又或說，只一味在潮流中跟著包裝美好的趨向，是否會讓苦難消失在一波波經過安排的輕鬆回憶感之中呢？

「冷戰」之於民眾文化的省思

如此一來，我們是不是進入了一直沒有在東亞地區被徹底實現的「後冷戰」時期的問題意識了呢？

值得關注的是，冷戰高峰時期美國在東亞地區的單邊霸權，隨著東亞區域的經濟整合，漸次失去全盤掌控的情勢；然而，南、北韓分裂以及台海兩岸對立局面的緊張，卻未曾稍稍鬆解。「冷戰」似乎仍存在於東亞這塊高度政治性的地域。

由於中國大陸開放改革所帶來的亞洲經濟統合，固然削弱了美、日新殖民主義在冷戰高峰時期的駕馭力量；全球化風潮下的市場邏輯，卻也形成另一股以資本為前導的價值觀，不時侵吞著人們對於追求一種更普遍性平等的想像。

當「民主」以市場化的包裝，富者愈富，有權力者獲致更大的支配權時，歷經戰後數十年，發生於東亞地區人民抗爭上的記憶，是否將在觀光文化的潮流中，失去了記憶作為一面鏡子，得以召喚當代反省的能量呢？

理論令人煩惱。我對「冷戰」之於民眾文化的省思，大多數來自文學與劇場創作的體驗。

對我這樣，上個世紀五〇年代中期（一九五六）出生於台灣的人而言，關於「冷戰」的實質認識，一般說來，都是相當遲晚的。

這大體也述說了「冷戰」推演下的反共意識型態，經由美帝國在二戰後扶植日本作為垂直分工的資本體系，如何進一步在環太平洋區域支持戒嚴體制，以達成「親美反共」政策的事實。

在我求學的階段裡，「冷戰」不是該被提出來討論的問題。因為，美式「自由」、「民主」的價值早已是生活學習中的一道常軌。

這道常軌沿著對「現代化」無比憧憬的光景延伸而去，竟而也

2008 年　探索冷戰風雲下的劇作《影的告別》劇照之二
差事劇團／提供

「接軌」到對日本殖民統治帶來文明規範的「景象」中。這一切都是以共產主義中國作為想像中的敵人，視之為「獨裁」、「落伍」、「極權」而加以韃伐的後果。

就在一九五〇年，海峽上空的「冷戰」風雲，襲捲著剛歷經內戰、二戰及「二二八事件」的台灣人民。

因韓戰爆發，中共部隊越鴨綠江支援北朝鮮，東亞情勢一夕丕變，美國立即出動第七艦隊封鎖台灣海峽，並以單面草擬「舊金山和約」的謀略，製造「台灣地位未定論」的國際言說，意圖藉此阻止共軍渡台。

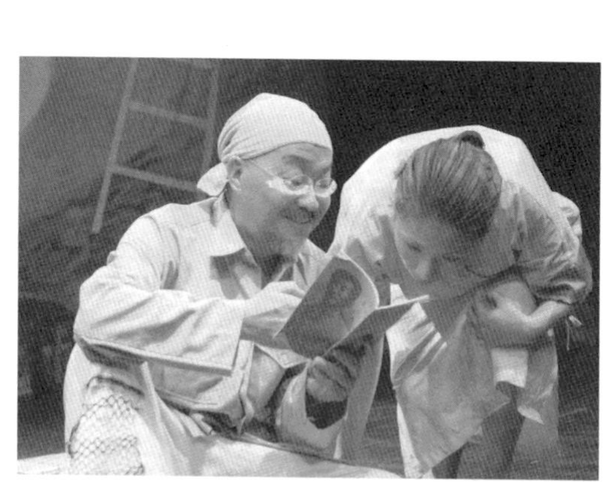

2008 年　探索冷戰風雲下的劇作《影的告別》劇照之三
差事劇團／提供

2008 年　探索冷戰風雲下的劇作《影的告別》劇照之四
差事劇團／提供

諸多事件帶來莫大衝擊

兩岸分裂情勢，一旦在美帝國的軍事介入下，形成定局。緊接著，便是島內一場以反共肅清為前導的「白色恐怖」逮捕及刑殺行動。「冷戰」所引起的血雨，在四到五年的時間裡，淌流在左翼地下運動蜿蜒而曲折的山路上。數以萬計的知識分子、左翼運動人士及農民被長年監禁；更有高達八千地下共產黨人，被槍決於台北馬場町刑場。

而今出現於上述文句中的描寫，雖已不再是禁忌，但，對於這一世代在冷戰風雲下出生的台灣人而言，禁忌卻已不是表面言論開放與否的問題；徹底的說，反而是禁忌深鎖在人的身體內部，進而內化成一種意識形態的問題。

一九八〇年代末期，跟隨著「解除戒嚴」的到來，當時在《人間》雜誌工作的我，經由創辦人陳映真的引路，因著採訪桃園三治水山區一戶梁姓客家農民，首次直接面對因捲進白色恐怖風雲而一家十數人，歷經殘酷刑殺而死難及幸而存活下來的「紅色」政治犯。

至今回想，有許多難眠的夜晚，在燈下翻閱一行行鉛字已現斑駁的判決書時，心中的驚恐與怖慄，久久無從平息。應該是這樣的不能僅僅視之為一件客觀報導的經驗，帶來生命中莫大的衝擊吧！

往後的日子裡，無論在文字或劇場勞作中，揭開冷戰風雲下被刻意掩埋的「五〇年代白色恐怖」記憶，成為實踐民眾劇場或文化行動，最具結構意涵的一樁差事！

戰後台灣相關於進步的、具批判性內容的民眾文化，無法不去面對「冷戰」局勢下的左翼肅殺。當然，記憶之所以被重新述說，必然意味著記憶不僅僅是時間那一端的客體而已；而是在被壓抑者的生命共同體驗中，如何重新召喚一種主體性的力量。

就憑藉著這股從掩埋的深層奮力地喘著氣息想探出頭來，朝冷漠的人世彈一曲驚魂心弦的力量，已足以表白冷戰封鎖下的民眾文化，是如何在看似富足、舒坦，實則荊棘滿地的戰後社會中，形影彳亍的坎坷行來了！

台北六張犁公墓　蔡明德／攝影

時間封凍的記憶

詩劇中的光州苦難記憶，
在跨越冷戰防線的東亞想像地圖中，
像影一般地游走著。
彷彿，也牽繫著台北六張犁公墓裡，
在時間的荒蕪中兀自傾圮的墓碑。

「六張犁」是台北市區內的一處墳場。一九九三年，曾因「白色恐怖」事件慘遭監禁的客籍農民曾梅蘭，在歷經三十餘年的苦苦找尋之後，終而在荒蕪的墳場後山，尋獲刻有兄長徐慶蘭名字的一只小墓石。

此時，距離他兄長被刑殺已有漫長的四十一年歲月。

徐慶蘭因涉地下共產黨人案被處決，而後僅以一墓石棄於荒野，蔓草橫生、蚊飛密叢，墓石上寫有民國四十一年八月八日（一九五二）的記載，恰是東亞冷戰風雲達至高峰的韓戰爆發（一九五一）的次年。

徐慶蘭的刑殺，並非單一偶發事件。隨著他的墓石被尋獲，共有兩百多個墓碑，被一一指認。集體刑殺的記憶，再度在冷戰過後兀自荒廢於美式「民主」、「自由」反共宣傳的社會中，波動著復甦民眾歷史與民眾文化的心靈。

這同時，經由陳映真的報告體小說作品《當紅星在七古林山區沉落》披露，曾經發生於一九五〇年至五二年間的地下黨人流亡事件，再度以組織性的面貌，具現在我們眼前。

受難者引發的困惑

集體暴力、集體撲殺的背後，是美國於二戰後的韓戰爆發時，在東亞布下的一道密如蛛網般的冷戰防線。令人心生畏寒的是，在這道防線下仆倒於反共法西斯刑場的眾多黨人們，至今，他們死難的魂仍有若在「六張犁」公墓裡，潮寒經年的屍骨一般，徬徨於現世中由台灣國族主義所虛構起來的政治符魅氛圍裡。

在六張犁荒墳的角落裡，斜斜的埋著另一座刻有「黃榮燦」姓名的碑石。經由日本民間進步學人橫地剛的發掘，我們得以了解作為木刻家的他，早年於中國大陸投身以魯迅為核心的左翼版畫運動，進而，在冷戰風潮的白色恐怖襲捲中，以「外省人」的身分，投身人民革命的解放運動，毅然犧牲了青春的生命。

冷戰／戒嚴體制壓殺的台灣民眾文化，並非現今政治話語中，習於將苦難視作選舉操作的行徑，更不是帝國強行介入的民族分斷下，被視作「外來政權」的中國，對於台灣人民的傾軋；相反地，是美帝國二戰後意圖重新扶植日本，在亞洲做穩資本垂直分工的「次主」，導致當時海峽兩

陳映真（右三）在六張犁現場
蔡明德／攝影

岸左翼地下黨人，基於民眾的、民族的以及人民自主的抉擇，展開反對新殖民主義的鬥爭。

二〇〇五年夏、秋之交，我引著來自南韓的民眾劇場友人張笑翼，從六張犁公墓的後山坡攀爬回來。那樣的荒涼，散置斜插於暗幽野草間的墓石，令他久久激動，無法平息內心的鬱悶與困惑。他意有所指地說，「在光州的民主受難墓園裡，聳立著高入雲天的紀念碑……紀念館裡的遺像和死難者的名字，沒有一刻不與民族的、民眾的左翼運動產生關聯……」終而，他不解地問說：「你們的政府怎麼這樣對待他們呢？」

閘門遮住向外探頭的視線

張笑翼的提問，回應了經歷過冷戰清理的韓國社會，在反獨裁運動中，艱苦地建構起來的反帝／反新殖民主義的思想性質，長久地與台灣「親美的、民主化」政治運動，在本質上的區別。

「那麼，二二八紀念館的碑石，不也鐫刻著死難者的名字？他們和這些在流落荒郊的受難者的差別是什麼呢？」回程的路上，他這麼問著。

「共產黨不被視作政治受難者……特別和中國共產黨有關的這些人……」我嘗試用最易趨近的方式，解釋複雜的政治糾葛，「二二八被解釋為中國政權欺壓台灣人的悲情符號，因而，最好利用來反對中國。」

「是嗎？」我隱隱然聽見他大惑不解的喟息著，車窗外，又響起著震耳的車流轟響聲。

是啊！一場韓戰帶來美帝國在東亞長達半世紀以上、至今未稍退潮的軍事、政治、經濟支配關係。五十多年歲月過去，干預的始末相同，卻在韓、台兩地形成如此南轅北轍的政治現況！竟連「二二八」也被宣傳為台灣「反共親美」的另一個現代化版本，巴不得立即和美國式的人權象徵攀附關係！

想想，冷戰封鎖下的民眾文化，終而在八〇年代的南韓，演變成學生運動的主要抗爭場域；進而，在九〇年代後的東亞，形成批判知識圈中的主要課題。這麼看來，封禁在冷戰局勢下的那道閘門，恐怕還牢牢遮住台灣向外界探頭的視線吧！

不容置疑，恰恰是在這樣的提問下，「民眾劇場」作為一種反思，且是有歷史作用力的文化利器，具現在人們面前，逼問著比歷史更為真實的記憶，即是劇場的表現。當然，這樣的記憶是與當下的現實有著密切的辯證關聯的……。若要舉證，不妨以「差事劇團」的創作及社區實踐為案例。

詩劇中的光州苦難記憶

二〇〇六年初葉，為著回應前此一年於南韓光州參與「亞洲廣場」藝術節的衝擊，由南韓詩人金南柱的詩作〈殺戮〉（Massacre）中，我尋找到編、導並參演《子夜天使》一劇的靈感。

這齣以詩作為主調的作品，嘗試在冷戰阻隔並封禁的東亞國界間，追索出一幅跨越邊界的文化想像圖景，就姑且稱作是：「影的相隨」吧！

對南韓境外年輕輩的東亞世代人而言，「光州事件」肯定是陌生的事情。但，就為了這「陌生」，以及從「陌生」中激盪出東亞民眾戲劇的深化交流，《子夜天使》以詩、身體和音樂的多元融合，將「光州」受難記憶，從一般說來，在台灣已被國族民粹「標籤化」的「二二八」紀念中脫身出來，攤開東亞圖像，就像暗示著殺戮記憶中殘存下來的苦難屍骸，從時間的未來，回首凝視著殘喘於虛空下的我們！

然則，這又與魯迅的「影」有何關係呢？

關係的發生源自記憶的剝落，以及記憶被誰凝視，又如何被凝視？這是一個令人苦惱萬分的問題。扼要的說，在資訊發達的商品消費年代中，人們被編進輕易遺忘或歌頌苦難的網絡中，相當程度的置身於虛構的情感記憶裡。

現在，問題就迫在眼前，因為無論「遺忘」或「歌頌」，都只為迎合主流意識的市場需求，而我們便生存於這樣的現代化情境中。日子久了，不知不覺發現腳底下的落葉和煙塵，都是從主流殿堂的「遺忘」、「歌頌」中被排擠出來的時空，稱作「記憶」。

這樣的記憶，像前人留下來的遺物一般，在幽暗的角落裡攤著。像極了經常被人們遺忘，卻又隨著人的形體移位、變遷的影。

對於影，魯迅的不輕易忽視，其實是一種凝視。就像

《子夜天使》劇照　差事劇團／提供

凝視著一張被陽光推到暗巷中的佝僂身影一般；就像凝視著一樁被時間封凍的記憶一般。

唯有影吧！我想，唯有像影這樣的非正式形體，才能在黑暗與光明的縫隙中，突而伸手握住稍縱即逝的記憶，這時，光州的死難，已經不僅僅是陳列在時間那頭的展示品了！而是活在時間這頭的生命共同體。

我這樣子想，於是讓詩人和他的影，在舞台的空間中隨著一首詩進進出出。這首詩，是南韓詩人金南柱為「光州事件」寫的，稱作〈殺戮〉。詩中文句跌宕，像是召魂，又或者說，像在召喚那被排盪到亞洲時空角落裡的遊魂。他這麼開場：

是五月的某一天
是一九八〇五月的某一天
是一九八〇五月光州某一天的夜晚

詩如是寫著……。詩人朗誦，揭開記憶的黑幕，在光與暗交錯的時間廊道中，遇見了化身為「子夜天使」的影子！

於是，便有《子夜天使》從地底挖出一顆時間的膠囊，朝光州的夜空吶喊著：

我獨自遠行，不但沒有你，

並且沒有別的影在黑暗裡。

詩劇中的光州苦難記憶，在跨越冷戰防線的東亞想像地圖中，像影一般地遊走著。彷彿，也牽繫著台北六張犁公墓裡，在時間的荒蕪中兀自傾圮的墓碑。

2002 年　《心中的河流》劇照　石岡媽媽劇團／提供

飛到天空去旅行

有一條河流，流過我心底；
我記得，我永遠記得……

和所有熱愛旅行的人一樣，我也曾經在黃昏的岩岸上佇立，就為了等待那夕陽，像一粒失了重心的火球一般，從海平面的遠方墜落，將暗黑的天色綴上點點星光；就像背包裡永遠私藏著一本筆記的旅行者一樣，我也曾在北國積雪的一個荒村裡，將厚厚的皮靴踩進雪堆中，希望留下的腳蹤，從而能寫進空白的紙頁上，將遠方的旅行帶回給家鄉的友人和讀者。

這些年來，我的旅行不在遠方，卻在距離居家不遠的一個客家小鎮上。小鎮沒有什麼赫赫有名的名產，也不是當前風行文化創意產業的明星社區。它，就只是一個安靜的聚落，有客家族群最為人熟知的、稱作「伙房」的四合院；有被人嘖嘖稱道、口耳相傳的水梨；還有一群勤於生活、種作以及家務的媽媽們。

噩夢之後，深鎖在驚恐災難中

石岡，位於豐原和東勢之間的小鎮。許久前，當我有機會往內山去探訪泰雅族的作家朋友瓦歷斯．諾幹，也曾不知幾回地驅車經過這裡，卻僅僅感覺到省道旁的路樹、植栽和水泥樓房後，好似有緩緩的身影，在我的視線之外無聲息地移動著。於我，也就不過是一處旅行經過的風景罷了！

然而，事情有了轉變，竟然是因為一次巨大的天災。一九九九年的九月二十一日子夜，天搖地動，據聞，在一道強烈的藍光，沿著斷層帶迅猛的穿越過來後，瞬時間，屋毀橋斷，竟連堅如石壁的水壩，也在強烈的撼動中轟然垮下。

人們在生離死別中流散，家在屋毀梁倒中消失。家鄉一夕之間面目全非。活著的人在歷經一場噩夢之後，初醒之時心悸猶存，都不知如何打開深鎖在驚恐災難中的心門！

誰料到，我竟因而來到了這個小鎮，帶著一種並非一般旅人可以想像的行腳和心境。

「什麼……你們要來上戲劇課程……好嗎？我們只不過是鄉下的婦女，又不是什麼電視明星。」事後很久，一位媽媽這麼回顧著說。

善心驅動，拉開序幕

是啊！就在災難發生過後的數個月，我和劇團的伙伴決定不以帶戲去災區撫慰受災者心靈的方式，前往小鎮，而是透過一套稱作「民眾戲劇」的工作坊，讓仍處於惶惶狀態的災民，從觀眾席上站起來，走向煙塵仍散落在斷垣殘牆間的舞台，述說自身、家人、親友及社區的經歷。

「好吧！人家帶著熱心來關切我們了，總不能不去……就去參加一次吧！」媽媽們這麼相互商量著。善心驅動她們前來。猶記得是在一個夜空中、枝椏仍在寒涼中微顫的時分，活動中心的大樹下停著幾部熄了火的機車。我們將大門關上，在磨石子冰涼的硬地面上，鋪了幾張蓆子。第一個夜晚的戲劇旅程，是這樣拉開序幕的。

「真沒想到，我們不是在演別的人、別的事，而是在照一面心裡的鏡子。」後來被公推為劇團團長的珍珍，有一回心有所感地說。

來到石岡，夜宿石岡。沒有民宿的旅行計畫，沒有導遊的花草小徑，沒有景點的悠遊或壯觀。就連深夜時，高掛在簷角上方的下弦月，也彷彿一隻垂著憐憫之心的巨眼，在看望這被地震所摧毀的小鎮，如何在時間的無言中，經由一雙雙手的連結，而被重建起來。

生命的掌紋觸探苦難

這一雙雙手之中的十雙，是參與戲劇工作坊的十位媽媽。她們在操持家務、種水梨、賣早點之餘，從心靈深處伸出了摯愛之手，去觸探重災後，家鄉人事的冰冷。十雙手，十種生命的掌紋，相互扶持和推動，她們共同用身體、詩歌和話語，表達對苦難的救援。

「將自己的創傷表達出來，會不會也是一種二次傷害啊！」在很多演講的場合中，觀眾會這樣問我。

「在我的觀察中，心靈的旅程終點，如果是像法庭那樣的空間的話，就會有二次傷害的問題！」我是這樣答覆的，「然而，我們嘗試在民眾戲劇之旅的過程中，創造對話的關係。傷害因此得到了紓解……。」

這以後的日子裡，我、劇團伙伴秀珣和石岡媽媽，一起步上了民眾在自己土生土長的家鄉中，透過劇場的時空而創造出來的旅程。旅程中一次的大驚喜，是媽媽們在大樹下為男人們倒茶時，不經意的天大發現。

「他們討論著，倒塌之後的伙房（四合院）怎麼重建的問題，意見真多，還談不攏。」一位媽媽眉宇之間透著些許憂心的說。

團練中的石岡媽媽劇團　石岡媽媽劇團／提供

「怎麼了？」就有聲音關切地問了。

「重建……要每戶家長都要蓋印啊！」

「那是有人不肯蓋印了！」關切的聲音，在高亢中變得些許焦急起來。

「是啊！」這時，媽媽答說：「意見不一。」

「該怎麼辦？」空氣中感染著一股微微的不安。

「搬上舞台吧！」有人半開玩笑地回應說：「演給鄉親們看。」

「對呀！然後，將結局交由觀眾來回應！」我幾乎不猶豫地，就這麼提議說：「也是一種公共參與。」

一趟另類的意識之旅

戲，於是在鎮上的圖書館裡開演了！最後，如我們所談好的共識，邀請觀眾上台來發表他們對結局的看法。

一位具代表性的鄉親，他是男人，上了台，沒想，竟然是說：「我們客家女性的美德，就是家醜不要外揚。」

明白了！他想看戲，更想看勤持家務，並在土地上勞動的家鄉婦女們，演些在類似中秋晚會上，能熱絡氛圍的娛興節目。

但石岡媽媽們在舞台上，穿越了性別與宗族封建中，男性們高築的大牆，她們在心靈版圖上，有另一番旅途的想像，化作舞台上的形象和話語。

這一趟另類的意識之旅，相信媽媽們在旅途的某個轉角處，必然發現眼前正有一坡山路，等待著她們共同去攀越。

或許，一時感到身心的疲憊和種種意想不到困局，恰就在腳跟前，和自己的不安搏鬥著。但她們還是不懈的提起了皮箱，在隔年的另一趟表演旅次中，述說起心中的一條河流，如何伴她們度過婚嫁、生育、勞動，並且穿越了日日夜夜的小鎮歲月。

最後，她們帶著夢想說：「對呀！提著皮箱飛到天空去旅行。」

這又是另一齣戲的最後一句台詞了。而這齣戲就稱作《心中的河流》。

寶藏巖後街一景，鍾喬與舞台設計許宗仁　關立衡／攝影

天地正風塵

如果，要我認真回應龍應台關於台灣社會的論述，我會說：「我都同意，但也都不同意。同意的地方在於它很有針對性，不同意的地方是它很空泛。」

時序進入西元二〇〇〇年前後，當年知名的作家龍應台對盛行本土的一股民粹政治，常發表重要的批評文字，我因而有了以下的觀察與回應。

七〇年代初期，巴西有一個現在非常有名的民眾戲劇工作者，叫作Augusto Boal，他帶領劇團到一個山區去，他們就在那裡演一齣戲，關於農民怎麼武裝革命的戲，戲的最後有一句台詞是：「站起來吧！讓我們一起流血吧！」演完了以後，參加武裝革命的農民，深受鼓舞，就上台去跟導演說，我們家還有一點點米飯，可以招待你們，因為你們鼓舞了我們。

在戲劇空間中，觀眾不再處於被動

劇團的導演跟演員當然覺得很興奮，但是這個農民回過頭來又講一句話說，吃完了以後，明天早上我們拿槍一起去革命。導演有點傻眼，對農民說：「不好意思，我們拿的槍是道具，沒有辦法真正開槍，所以沒有辦法跟你去。」農民這時才恍然大悟說：「喔！原來你們在舞台上講的是假的喔！你們不會真的跟我們去流血啊！那為什麼還在舞台上講要跟我們一起流血呢？」

這是一個真實的故事。它訴說了劇場行動中的關鍵問題：觀眾在戲劇的空間中，不想再一直處於被動的位置。我想這個例子也許可以應用在龍應台的出發點上。這麼些年來，她對於在台灣的民粹主義式的國族認同，已經感到焦慮和不耐，因而有感而發。

我想她看到太多政治人在他們的舞台上，叫人民起來怎麼樣又怎麼樣，而其實他們有另外的目的。上述關於民眾劇場的例子，讓我聯想到龍應台的焦慮，但是當她把這個焦慮掏出來，用另外一套東西對應民粹主義式的國族認同時，卻提出了具圖騰性色彩的中國概念。

好像是說：古老的、具深層厚度的中國文化，確可拿來當作解除焦慮的處方。這裡，我的疑慮出現了！因為，如果我們把中國文化的大概念拿出來就可以當解方，我覺得其中必產生空泛的問題。

詩人情懷燒向充滿變數的現實社會

她希望用八〇年代的經驗來召喚她自己的經驗，她說：「八〇年代是一個光明與黑暗的時代，是一個很有理想的時代。」這我都認同，卻也感覺到空泛。

八〇年代，一位壯年早逝的文藝評論家（他的學術專業是數學），在他去世之前，曾為他熱切摯愛過的土地與人民，留下兩句至今讀來仍令人十分動容的詩句：

相期應努力，
天地正風塵。

寫這兩行情文並茂的詩人是唐文標。他以犀利而理路分明的文筆掀起戰後台灣文化界最具批判的論戰，一般通稱作「現代詩論戰」。回顧地看來，這一場關於詩歌如何從僵斃的外來語境中解放出來的論戰，和發生在不久之後的「鄉土文學論戰」，標式出日後台灣文學及文化的進步性。當然，也逐漸形成日後糾纏不清的種種統獨情結與輿論。

斯人已逝。他當年留在贈書前頁上的詩情，卻餘燼未熄，甚至形成一股烈焰，燒向充滿變數的現實社會。

嗅到社會集體改造的可能性

回首八〇年代的台灣，我們的第一印象是：集體性的脫序現象頻生不已，反應在經濟上的是金融風暴，以及由民間賭博性熱潮所引發的資金流竄；政治上，則是層出不窮的環境汙染以及日益惡化的公害問題。

從二仁溪燃燒廢五金所導致的戴奧辛，到彰化內陸及沿海地區的重金屬汙染，在各處的城鄉之間，像層層交織的惡魔一般纏繞在民眾生活的現場。恰恰是環境的病相已入膏肓，而民間又幾乎尋找不到公部門的任何支持或協助，最後的辦法便是反求諸己，以自力救濟的方式將訴求帶上街頭，展開一波又一波的抗爭與遊行。社會的衝撞帶來的是國家機器的鬆動，以及民間力量的勃興。

因為鬆綁而有了相對自主的空間；因為有了相對自主的空間，才發現運動的可能性；因為運動的可能性，知識分子才得以開啟和民間對話的可能性。在愈來愈開放的解嚴時空底下，人們向時代預約了一張邁向理想藍圖的車票。

長久以來在窒悶的氣息中找不到出路的許多人，似乎都在這個劇烈始動的年頭，短暫而興奮的嗅到了社會集體改造的可能性，更有意識地去看見昨日種種的醜陋、不公、不義……那時的我，像是攀到了一片惡浪中的浮木一般，從昔日的渾沌與焦燥中幡然轉醒，準備迎接著一道遲來的實踐曙光。

多年以後的今天，努力地回首那段時日，並不僅僅充滿希望與振奮，很多時候，甚且是挫折和沮喪。但，因為走過才留下路的痕跡，這卻是再真實也不過的檢證。讓我們以一種社會學的角度來觀察，台灣社會戰後世代堪稱風起雲湧的景觀罷！

在意識型態的天空下，統獨論戰的火花，在異議性的雜誌上時而引發「台灣結」或「中國結」的論爭。關於台灣意識並不自外中國，或者以台灣人意識切斷與中國歷史、文化、政體關係的討論，時而劍拔弩張，時而橫眉冷對。在現實的大地上，則有不斷釋放出來的民間社會力，持續衝撞著日露窘狀的國族霸權。老舊的政治勢力，受到人民改革意願的挑戰。

緬懷或回首昔時的種種美好，固然無法為擘畫將來提供任何積極的處方，但，人們總是期待從歷史的脈絡中找尋到前行的道路。如果，八〇年代是短短二十年前的一段歷史，我們怎麼樣從這樣的歷史中觀看時局的轉化呢？

時間跨越九〇年代的門檻，在新世紀的開頭朝我們冷笑著，好像是說，一切發生於過去的失序與迷亂雖曾帶動民眾力量的崛起；但，事過境遷，從那樣的時局中反省、成長的知識分子，也只能從瞬間的火花中，去回憶閃過腦海中的民眾的臉孔。

我們可以說，八〇年代總結了戰後台灣社會的階段性發展。從社經構造面觀察，經濟發展所演化形成的「經濟掛帥」，在一定程度上，說明了民主進程中威權政治的解體及社會控制力的解禁。換言之，七〇年代以降，經由「加工出口工業」體系所造就的經濟成長，讓台灣立即面臨「國際化」、「自由化」的衝擊。資本的力量逼迫著整個社會從「封建」、「保守」的狀態中走出來，以一種更具商品性格的面貌加入國際分工體系中。

民眾劇場帶來的回響不斷

社會在朝著資本的方向掛鉤，卻也同時經常爆發出對資本跨國性流動所衍生的反思與批判。八〇年代中期的某一段時日，我與一些社會運動工作者，在鹿港這個見不著任何「國際化」蹤影的百年小鎮裡，共同引發了一場反對美國「杜邦」（Dupont）公司來設置二氧化鈦工廠的環保運動。最終，果然讓這個國際跨國企業，從一個偏遠的濱海小鎮中撤離，即是其中一件振奮人心的案例。

資本自由化所帶動起來的報禁解除，在文化的天空上撥去了陣陣的陰霾。二戰以後，長達三十年之久的戲劇檢查制度，也在此時突而破除了重重政治禁忌的閘門，不再噤聲畏縮於反共戒嚴體制下的教條話劇脈絡中。身體作為一種反抗社會壓制的表徵，逐漸在各種劇場美學風格中被「擠壓」出來，無論是劇場中的政治，或直接碰觸禁忌的「政治劇場」，皆蔚為一股遲來的風潮。

比較值得討論是：相對於發生在七〇年代初期的第三世界戲劇運動而言，八〇年代本島的戲劇運動，緊鎖著台灣社會內部的威權體制，衝撞的對象是戒嚴令下的黨國神話，而非對新舊殖民主義的批判與反思，這似乎也訴說著文化運動在迴照社會變遷時的侷限。

直到九〇年代初期，當「差事劇團」的前身「台灣民眾劇場」，幾度與亞洲民眾劇場聯合匯演之後，全球化的風潮如何在亞洲範圍內帶來超越國族界線以外的階級壓迫的議題，才漸次具現於表演空間裡。弔詭的是，九〇年代以後的台灣，由於社會運動、學生運動在新一波的政治本土化巨浪中全面退潮，導致民眾劇場的亞洲串聯行動，雖處在社會邊緣的左翼位置，卻持續發出迴旋不已的聲音。

統獨論戰變得圖騰化

帝國挾帶著資本的盛焰，在全球範圍內引發的戰爭侵略與文化滲透，尚未從這個資訊科技凌駕一切的世界中消失。但，八〇年代以降盤旋於島內上空的統、獨論戰，卻已變得愈來愈圖騰化。

一九八九年，侯孝賢導演的《悲情城市》，在台灣電影界造成空前的轟動，也成為政治人物在選舉時的籌碼。如果，我們不健忘的話，《悲》片在解嚴不久的台灣社會遺留下兩個議題：獨派人士認為，無論如何這是一部有台灣意識印記的電影；統派人士則對影片中有社會主義傾向的知識分子，發出了贊同的聲音。無論侯孝賢再怎麼樣強調自身獨樹一幟的電影美學，他的電影是緊緊綁在台灣這塊彌漫著政治迷霧的土地上。

時序進入二〇〇三年，當知名文化評論作家龍應台對盛行於島內的本土民粹意識日感不耐，而發出批判之語時，卻也只能祭出中國文化的圖騰，作為描述唐吉訶德手上那把利劍的修飾語。我在想，如果魯迅地下有知，他會從長滿野草的墳土中站起身來，拍拍衣襟上的沙塵，冷冷的說：「這裡，難道除了統、獨議題之外，就沒有其他可以吵的了嗎？」

只要統、獨神話一日不被拆解，台灣社會內部階級、族群、性別差異的問題，便永遠被視作無關緊要的次要命題。這時，我們便只有毫無選擇地淪為死命拚經濟的帝國附庸。那麼，唐文標生前遺留下來的詩句，似乎依稀在我們的耳際徘徊……。

台灣存在著國族認同的問題

另外，在幾些回應龍應台的文章中都提到台灣的「精神分裂症」問題。簡言之，是指台灣人的肉裡長了個很深的疤痕，稱作「中國」——言下之意，讓台灣人找不到認同方向或方位的便是「中國」或「中國結」。

就某個層面而言，這樣的敘述似乎切進了台灣國族認同的要點，卻因為過於「簡化」，而衍生成另一種國族神話的表述，好像是說只要國族主義的述說存在，我們便得以將所有的問題推到另一個極端。問題在於，我們如何去觀察現今的福佬沙文主義和昔時國民黨文化中的右翼中華沙文主義呢？

我們關於「精神分裂」的批判是不是也僅僅在複製另一種國族想像的文化罷了？因而，我有了這樣的想法：「與其說台灣的精神分裂是深深長進肉裡的、被稱作中國的『瘤』，倒不如說是政治認同與社會位階的落差。」我的意思是：當任何一個生活在台灣的人，都被「強制」認同為「台灣人」時，他／她卻同時處在一個愈來愈被「商品」價值所決定的社會中，並面臨了經濟分配不均的窘境，這才是造成精神分裂的根源因素。

當一個「工廠裡的」台灣人，在政治上找到主流的、正確的位置時，並沒有同時處理了國族認同以外的社會位階處境，她／他仍然目睹著政府部門如何從勞工運動的記憶中「異化」出去，繼續與資方串聯以打擊勞動者的基本權益。這時，精神分裂狀態才真正到來。同樣的狀態，也存在於「九二一」的災民上。重建曾經是政治人物開出的支票，但很快的在幾年間，時間便已沖淡了美好的允諾。我們回過頭去，看見許許多多台灣人在精神的裂縫上焦慮、殘喘、不安……。

找到屬於生活的真實時空

「九二一」過後半年，「差事劇團」到石岡地震災區和當地的十位媽媽進行民眾戲劇的工作坊。經過了一年之後，這群媽媽成立「石岡媽媽劇團」，在歷經四個年頭後的二〇〇五年，「石岡媽媽劇團」來台北演出，整個社會和媒體對她們的關注，已大大不如前兩年。

她們好像是這一個失憶之島的祭品一般，同樣在被國族文化認同的祭壇上供奉一番之後，便注定要消失於消費性的社會櫥窗中。開始時，我也不免擔心：她們會不會因為失去了時空秩序下的政治正確或政治需要，導致某種想像性的「精神分裂症」？

我的意思是，她們並無法因認同自己是「台灣客家婦女」，從而解決了地震帶來的全部問題；但後來，我從她們身上發現一種屬於民眾特有的，也可以說是農村婦女特有的韌性。這種韌性讓她們處於碎裂的時空中，仍然懂得如何保有一種平凡微弱，卻不被碎裂的虛構現實所擊倒的身體和靈魂。因而，她們在劇場中繼續存在下去。

從這裡，我也看到了民眾從國族想像的神聖號召中出走，找到一片屬於生活的真實時空。

最後想說的是：這波討論中談到「國際化」的問題。我認為，我們在談台灣與世界接軌時，經常沿用著冷戰的思維，也就是冷戰年代，我們被美國老大哥拉作亞洲對抗中共的小老弟，造成今天一談國際化，不是向美國就是向歐洲靠攏，完全只有第一世界觀點。這反應了非常主流的全球化觀點，實在值得我們反省。台灣和那些被全球化排除宰割、犧牲的弱勢國家的人民的關係是什麼呢？我們必須打開另一扇國際化的窗口，才能更清楚的看見自己！

魔幻帳篷有布萊希特風格：《霧中迷宮》劇照之一　差事劇團／提供

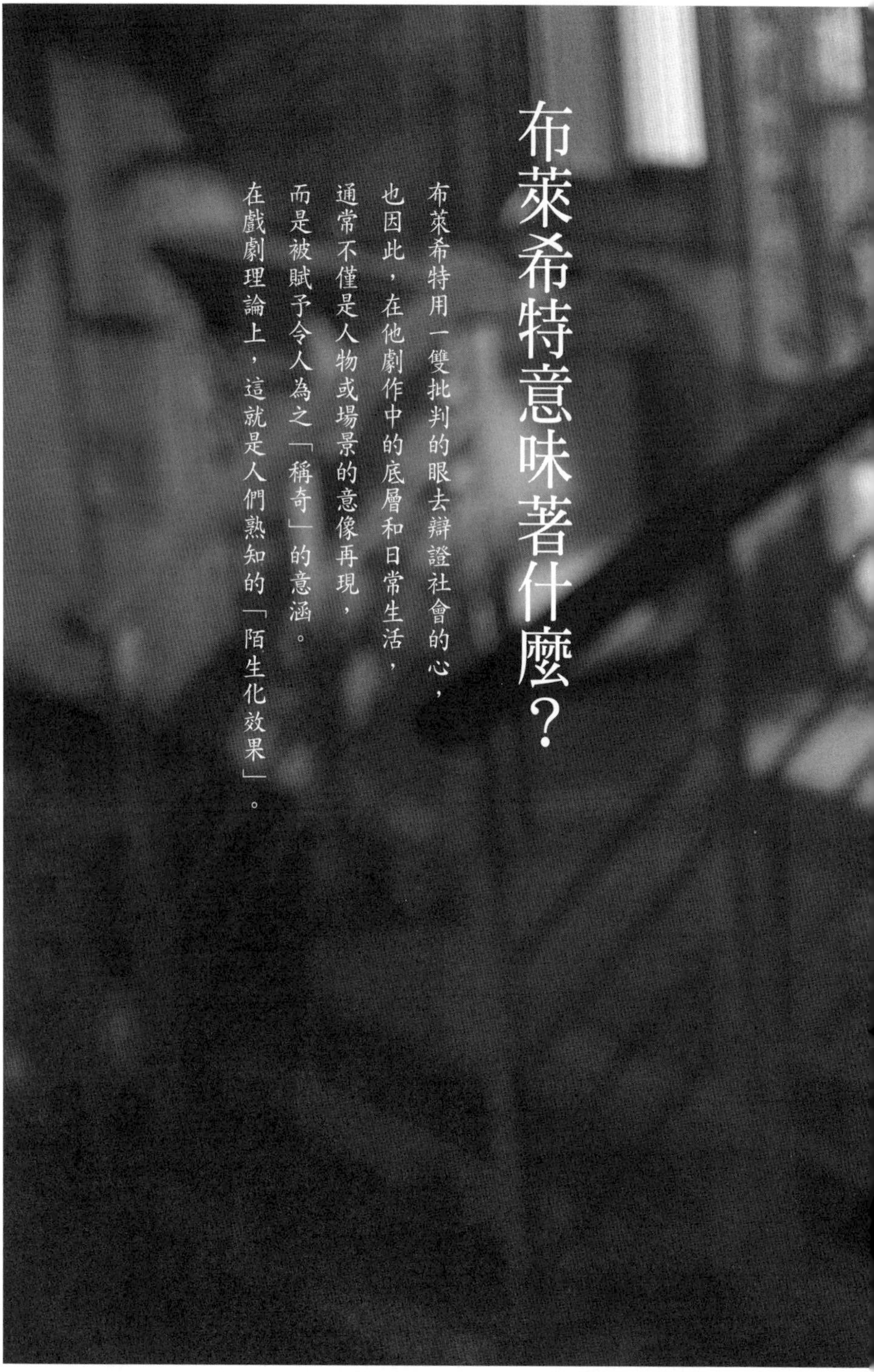

布萊希特意味著什麼？

布萊希特用一雙批判的眼去辯證社會的心，
也因此，在他劇作中的底層和日常生活，
通常不僅是人物或場景的意像再現，
而是被賦予令人為之「稱奇」的意涵。
在戲劇理論上，這就是人們熟知的「陌生化效果」。

某次餐會中，有人提起三重的河濱道上，每逢週末假日，就會有裝扮炫麗的「卡拉ＯＫ」流動小卡車，載來各式各樣耳熟能詳的伴唱旋律，讓沒法花大錢的附近居民，在涼風徐徐的空曠中，高歌一曲，舒展沉窒在都會底層的鬱卒。話剛一說完，一旁搞劇場的一偉，立刻接話說：「這就是布萊希特最想要的……。」一偉說得沒錯。

用批判的眼，辯證社會的心

布萊希特（1898～1956，二十世紀著名的德國戲劇家與詩人）是底層的代表，他更強調戲劇和日常生活的關係。重要的是，他用一雙批判的眼去辯證社會的心，因此在他劇作中的底層和日常生活，通常不僅是人物或場景的意象再現，而是被賦予令人為之「稱奇」的意涵。在戲劇理論上，這就是人們熟知的「陌生化」效果。

「陌生化」效果一個何等「陌生」的名詞啊！相信布萊希特在世時，也曾為過多的理論術語而苦惱萬分。但，理論是用來「改造」而不是「解釋」這世界的，這麼一來，事情就好辦一些了！為此，布萊希特自有解套的辦法。

他在〈街景〉一文中舉一樁車禍為例，說是目睹車禍的演員，在回到劇場來時，不要去煽情地「複製」鮮血淋漓的現場；而是以車禍「事件」為出發點，道出肇事司機、當事人及旁觀路人的社會背景與遭遇。

如果將「街景」的「陌生化」效果移置在三重河濱道上的卡拉ＯＫ現場，事情就不會那麼難理解了！扼要地說，到底是什麼原因讓卡拉ＯＫ也流動攤販化了？動這腦筋的「店主們」從什麼行業流動過來的呢？還有，顧客和顧客之間，發生了怎樣的社會關係呢？

布萊希特的身影彷彿依舊在

一九五六年八月十四日，布萊希特因心肌梗塞，驟而離世。過世前幾個月，還在為備受佳評的《三毛錢歌劇》的演出，忙得不可開交。過世前一刻，仍與柏林劇團赴倫敦排演著名的《高加索灰闌記》。劇場人倒在劇場裡，並不是那麼難以想像的事，唯獨當布萊希特倒下時，他以一種革命性的眼神，凝視著劇場裡的觀眾席，這件事就顯得不尋常。好似這雙直逼面前而來的眼神，始終殷切地需求我們的回應與對待，直到今天為止。

二〇〇六年是布氏過世五十年。舞台上，彷彿他的身影依舊，就站在那左側的翼幕旁，以犀利的目光，投向時空的這邊。他似乎質問：「現實發生了什麼？舞台上又發生了什麼？舞台難道只反應了現實嗎？又或者是現實被陌生化之後所產生的奇特效果呢？」

連串的逼問，著實令人屏息。這時，便也看到他手上捧著自已的名作《三毛錢歌劇》，低沉沙啞的嗓門，唱起劇中一段敘事性的歌曲來。

他唱著：

渴求知識的布萊希特
你們全都唱他的歌
他一次次問你們
有錢的人錢財從哪裡來
你們就把他從那個國家趕出去

魔幻帳篷有布萊希特風格：《霧中迷宮》劇照之二　差事劇團／提供

作者在創作的劇作中，讓劇中人躍出劇本的想像框架，來到現實中和作者詰問。意謂著社會矛盾終將不會在戲劇性的安排下，被妥適地安撫，而是進一步的被看戲的觀眾所揭露。

作為《三毛錢歌劇》的讀者或觀眾，我目睹了在劇情起伏中進進出出的布萊希特，時而化身為趾高氣昂的「乞丐公司」老闆；時而轉身一變為窯戶裡看徹世事殘酷的妓女。

而這樣的布萊希特，就再也不是被供奉在戲劇經典殿堂中的大師了！他路過殿堂、面無表情，卻趁夜晚尚未全然消盡時，在暗夜街巷裡和拾荒的醉漢說長話短，追究金錢如何聚流，而貧窮又到底因何而致。

帶來非比尋常的體悟

這一天，據傳聞說，三重的卡拉ＯＫ夜市裡，來了一個形貌像是布萊希特的男人。他開口問了剛唱完一首流行歌曲的歐吉桑，「你同意拜金的惡果，通常是敗金導致的嗎？」

正當歐吉桑還深陷五里霧中時，這男人用他低啞的嗓門唱起歌來。他

魔幻帳篷有布萊希特風格：《霧中迷宮》劇照之三　差事劇團／提供

還帶些得意說：「我唱的就是名副其實的敗金歌劇欸！」

從此，城市的底層像發了燒一般，流傳著種種有關「敗金」的傳聞。人們將口沫從國庫飛進黨庫，又從黨庫灑向政治「極峯」的內褲。據聞，布萊希特對這樣的「街景」有了一番非比尋常的體悟，打算掀起另一場戲劇界的「哥白尼事件」……。就在此時，學院裡的菁英教授即時出來抵擋耳語的蔓延，說是布萊希特的政治主張，早已隨著他的遺體一起葬送在紅色帝國的墳堆裡。

「請專心討論布萊希特的劇場美學！」教授從學術殿堂發出這樣的警語，並備受菁英社會的重視之後，底層冒出了新的傳聞說是：三重的河濱道上，開始染上了更為生猛的卡拉OK文化。「可能是政治旋律嘎得太緊了！」某周刊曾登出這樣未經證實的標題，甚至，又據說，還莫名所以驚動了情治單位的一些關切。

當然，無論是以怎樣的形貌現身，媒體人是不會讓像布萊希特這樣的驚悚人物，輕易地從她／他們的視線上蒸發的……。

蒙面叢林，革命詩篇

在全球化浪潮襲捲世界的今天，
只要得勢的一邊輕聲低呼：「贏了！」
就會有長久以來處於弱勢的一邊，
在暗黑的叢林裡，為著飢寒與尊嚴付出慘重的代價！
這是墨西哥革命武裝隊伍查巴達（zapatista）
「蒙面武裝，表達意識；露出臉孔，隱藏身分」的直接緣由。

九〇年代初期的馬尼拉，當疲倦而不安的目光尚未從煙塵飛散的垃圾山甦醒過來前，迎向前來的卻已是橫掛於高速公路休息站上的大型廣告：「Welcome 二〇〇〇……」，接下來的情景變化多端，令人目不暇給。但，大體上離不開大門深鎖的豪宅旁，一大片接連一大片架在泥濘地上的木造陋屋，稍不留神，以為眼前所見是浮在沼澤上的舢舨。

下了車，跟隨年輕的民眾劇場演員，穿梭進恍若另一個時空的巷弄間，坐在板門旁的老婦人，像是習慣於飢餓而顯得異常衰老，她笑著，臉上浮出幾道虛弱的皺紋。

待我走近，她用笑開了、滿嘴缺牙的溫暖表情來歡迎我這個不速之客。她沒有開口說話，我猜，她心裡納悶著：「你好！從日本來的客人？」因為，我的外貌常常被異鄉人誤認為日本人。

盤旋於天空的反抗風雲

午後，炎熱的酷陽翻掀著陰溝裡的臭氣；貧困，讓時光都顯得有些遲滯，有些錯愕！

下一刻，我被引導進一間稍稍經過粉刷的木板屋裡，幾個年紀輕輕、像學生模樣的男生和女生，正興奮的吃著一包看來應該是泡麵的零食。他們羞澀的表情，恰好和牆板上緊握著拳頭的一張海報，形成有趣的畫面。一座立扇在酷暑中孤單的站著，用它緩慢的扇葉宣告一場會面的開始。

戴著一副方方眼鏡、頂著不算厚重的小腹的輕壯年男子，從後頭的隔間裡穿身進來，一手還拿著一本夾在板木上的筆記。他自我介紹：「我是Noel，嗯！這裡的組織者。」我從包包裡拿出紙和筆，一個不知如何結束的午後，又發生在我熟悉的旅程中。

菲律賓，亞洲的鄰舍。難以置信？在冷戰剛剛解體、全球似乎又邁向一個嶄新市場世代的時刻，城市陰暗的角落，多少都市窮人在汙濁的空氣中，等待一個個空白的日子，就這麼被無情的時間翻閱過去。他們不曾反抗嗎？反抗貧窮，反抗貪汙、腐化，反抗新殖民文化的入侵。是的，從一九七〇年代初期，反抗的風雲便盤旋於城鄉的天空，直到九〇年代，一切都顯得某種無以言說的「無力感」。

「漸漸地，當愈來愈多的民眾開始相信遠離他鄉是解決問題的最好辦法時……」Noel頗有感觸的說，「我們的問題似乎又擴大了！」

Noel擔心的問題是廉價勞動力在亞洲市場任人使喚的窘境，從他的言談中，我多少讀出了某種憂慮。事隔將近十年後，這樣的憂慮在我閱讀《蒙面叢林》一書時，立即轉作一股創造性的力量，這股力量在質問著一個長久被人「遺棄」或「逃避」的字眼，叫作「革命」。

革命？還在這個被虛假的命題，稱作「意識型態終結」的世上存在嗎？如果存在，到底以怎樣的面貌具體呈現於世人面前呢？循著一本書字裡行間的脈絡，我們和革命者的創意實踐在世界邊緣的叢林裡相遇了！

書中的主角馬訶士基於對印地安人（其實，應稱作美洲原住民才對）的尊重，自稱為墨西哥查巴達民族解放軍的副總司令。一個蒙面的游擊戰士，通曉世界局勢，在深山的泥屋裡上網寫信，除了宣言，還有寓言和神話。篇篇讓人陷入深思，不僅是解放的事業。

喔！不，當真早已不是耳熟能「測」的那套言論。而是關於生、關於死，以及關於貧窮的共同態度。他說「一個死亡已經決定」時，意味著結束一個被政府軍占據的基地，並宣告另一個基地的誕生；他同時說「貧窮是武器」，並堅定的認為人道救援是外來賜予的痛苦。

他回頭說「革命」事業是這樣開始的：

「一群自以為是的哲學家，從城市來到叢林，意圖去『解放』被剝削的人民，卻在真正進入印地安村落後發現，人民對會亮的電燈泡，看來比對所謂的哲學家更感興趣。」

革命詩篇再相遇的叢林裡實踐了

書中的馬訶士，蒙著臉，卻露出一種肉眼無法觸及的自信與自在。讓我想起多年前偶一相見的、總是微笑著回答問題的組織者。到底說來，菲律賓都市窮人社區裡的Noel，並沒有拿起槍桿到深山去參加「新人民軍」的武裝鬥爭。但，他曾經非常私密的告訴我，「新人民軍」在都市裡進行的奪取軍人槍枝計畫是他們外圍祕密行動的一部分。「那是地下章節的一環……。」他語帶保留的說。現在，我突然靈機一動，想問問早已不知去向的Noel：「嘿！兄弟，經過這麼多年的世事變遷，你還相信武裝革命嗎？」那麼，馬訶士呢？他堅信貧窮是被壓迫者的武器，你認為呢？

離開 Noel 的都市窮人社區。馬尼拉令人窒息的街路煙塵，像一頁難以翻閱過去的噩魇一般，在行走的身體中停留著，旅行。好似一趟穿越全球化世代惡水的航行，民眾劇團的年輕導航人引領我前往一片海港。

清晨，夜昨一整個披星戴月的巴士顛簸，依稀停留在有些不堪負荷的倦容上。通往碼頭的街市，零散堆著發出魚腥臭味的垃圾。一整排陰陰暗暗的南洋建築的走廊上，弔掛著幾些魚乾，像離散的魚，在時間的氣流間飄盪；像生命，貧困的生命，在第三世界的碼頭徘徊。

「他就是從這裡出發……」吸一口夾在指縫間的菸，被我視作「導航人」的劇團青年若有所思的說，「經由神祕的潮水，前往民答那峨的山區……。」「嗯！」我慎重的點著頭。

潮水，在將明未明的天光下，若無其事的湧動著。我也只能帶著幾許灰暗的想著由年輕人景仰的語氣中說出的「他」——Eman Lacaba。七〇年代，他像馬訶士這位叢林游擊隊員一般，在菲律賓的左翼運動中廣為人知，卻也蒙上一層革命者的神祕面紗。

目睹生存情境中的嘲諷

Eman是革命者，也是詩人和劇作家。我從書架上取出他唯一出版的詩集《救難詩選》（Salvage Poem），讀著、讀著……回想起那片湧動在暗幽天光下的潮水，似乎正訴說著他的種種異乎常人的叛變事蹟：

中產階級出生……校園裡的數學高材生……嬉皮詩人，在美國式文化全面沖洗亞洲的六〇年代，寫過幾些令藝文界側目的現代詩行，編過幾齣驚世駭俗的戲碼之後，突而，從咖啡、菸酒彌漫的馬尼拉藝文沙龍裡消失了身影……艱深晦澀的詩句，被革命海途中的浪潮襲捲得不知去向；推湧上岸的是截然有別的詩行。

Eman的詩行，這樣寫著：

人民的戰士是演員，在革命的舞台上。
一個嚴肅的演員，是群眾間上乘的評論者，
能閱讀表情與身體，知曉說的話是真理，
或僅止玩笑。人民的戰士，喔！對了，

是喜劇演員；讓群眾目睹矛盾，

目睹生存情境中的嘲諷……

他的詩行，一字一字寫在香菸包的錫箔紙背面，我一點都不感到困惑或驚訝。但，我驚訝於他死前的那場戰鬥；困惑於他就義時無畏的眼神和語氣。

戰鬥，槍聲先由室外的田野間毫無預警的響起。那個清晨，Eman 和他的游擊同志潛伏於一戶農家裡，他們忘了將夜昨淋濕的軍用衣褲收進來，於是成了政府軍搜索的目標，槍聲陣陣徹響……狀況發生得有些突然，應付不及。

同志中彈身亡於血泊中，Eman 受傷被捕，他被捆綁在一支棍子上，幾個持槍的軍人，像抬野豬似的，將他視作恫嚇村民的「戰利品」，一路遊街到另一個山頭。而後，行刑的時刻到來，上尉要他投降，可饒他一命。他說：「把槍桿伸進我的嘴巴吧！你們這些豬玀。」

馬訶士與「甲蟲」的寓意對話

「轟」一聲，腦殼碎成裂片。軍人很快發現殺了一個「知名」的叛亂分子，必須掩埋事證。Eman 受難的屍體，被無知的士兵埋進土裡，幾個星期後，當他母親找到屍體時，發現他的腳踝上仍綁著粗粗的麻繩，頭顱上殘存著留有彈痕的骨灰……一旁的農民們回想起他曾經教他們識字，教他們唱他編寫的詩歌。詩人、演員、大學教授之外，Eman 是革命的殉難者。

Eman 死了。在菲律賓的革命叢林中。隨著時間消逝，隨著「激進」事業漸漸被商品消費的浪潮所淹沒，甚少有人知曉或願意去記得這樣一個為革命而失去生命的人……。

將 Eman 的詩集放回書架時，從封面上以黑白反差設計的一幅頭像剪影中，依稀看見深邃、銳利、彷彿訴說著「人類藍圖」的眼神。是的，像極了任何一幅出現在T恤、海報或電腦螢幕上的切．格瓦拉頭像的眼神。

我沉默著。經久……經久的沉默著。

那麼，馬訶士呢？他一直隱藏於蒙面後的臉孔，露出了一雙非常「意識」的眼神，像似在對這傾斜的世界發布來自邊緣的緊急通告令。當他脫下面罩，隱藏起真實的身分時，他在發給世界各地的電子郵件中創造了一隻稱作「唐吉軻．德瑞多」的甲蟲。有一回，很有趣的，甲蟲恰好在閱讀一篇叫「新自由主義對拉丁美洲的支配戰略」的文章（瞧！多麼幽默，又有創意的蒙面游擊戰士：馬訶士），它戴上眼鏡，點燃菸斗，嘴裡吐著白煙，煞有介事的回應著焦急的馬訶士說：「你們會贏！」（這樣的場景，依我的想像，也只有到拉丁美洲的魔幻寫實地圖中去搜尋了！）「到底要多久的時間才會贏呢？」革命者問。

甲蟲的答覆，令人咋舌，竟然有著馬克斯主義者的架勢。它說：「不一定耶，你必須考慮很多因素，主、客觀條件，力量的關聯，帝國主義以及社會主義的危機等。」（天哪！好一隻政治經濟學專長出身的甲蟲。）

獻上未被「歸順」的祝福

時序進入公元二〇〇四年初葉。我坐在電腦螢幕前，想像夜晚星光下的叢林裡，馬訶士叼著菸斗，和前來探望的印地安智者老唐尼諾閒聊著（關於他們已經完成的其他閒聊，全都轉化成詩行般的敘述，集結於作家吳音寧翻譯的《蒙面叢林》一書中）。

腦海中，不時閃過Eman的詩行……時代不同，革命繼續，只是策略大不相同：Eman的壯烈悲憤，曾幾何時已轉化成馬訶士的魔幻寓言，當然，他們都持續著走在一條尚未被全球化所「馴服」的道路上。

那麼，我該怎麼做呢？一個彷徨於光與影之間的劇場知識分子。我想，就……喔！對了，獻上我尚未被島嶼的現代化迷思所「歸順」的祝福吧！又或者致上我來自世界這方孤寂的敬意！唉！這樣子繞口令般書寫著的同時，恰好有一部載著四個瓦斯桶的機車，從窗前的大馬路口「碰！碰！碰！」的駛過。我突而兩眼一陣子昏花，像似遠遠看見甲蟲德瑞多蹺著二郎腿，坐在瓦斯桶的圓弧面上，雙眼微闔，面容凝重底思索著……。

它在沉思著什麼呢？

是相關於島嶼如瓦斯桶般「沉重」而潛藏著「危機」的認同問題嗎？又或根本不是，它只不過因遠渡重洋，累翻了，正在閉目養神咧！

我決定不再臆測下去，免得因想像溢出現實的河岸而氾濫成災，不可收拾。於是，我回到剛出版不久的這本書上來，準備了以下這些字句，作為我的讀書心得。

引人深思的生命之糧

《蒙面叢林》是近年來難得出現於出版市場上關於「革命」的書，它涵蓋了「報導」與「翻譯」兩大部分。「報導」方面，作者以生動而富感情的筆觸，描述深入墨西哥叢林追尋革命蹤跡的一趟旅程。除了書寫上的文學性，經常不期然的觸動閱讀神經之外，最值得一提的是，作者以自身的學運／社運經驗作為一面反省的鏡子，不斷提問參與式觀察時所面對的情境。

換言之，這不是一篇發生於作者生命思省之外的報導，因而它不僅見證一件客觀事實，同時，也是內在映照的書寫。「翻譯」部分，則與作者踏尋的對象相關：他是叢林裡的蒙面革命者，至今仍身分成謎的馬訶士。對於他，外界的猜測諸多，卻平添神祕色彩。

他，一九八四年深入叢林，改寫「古典」的革命藍圖；一九九四年元旦，歷經十年的叢林生活之後，啟動第一聲震撼全球的槍聲。該年底，他所書寫的文字，經由網際網路傳輸至世界各地，造成另一波訊息界的革命風潮。

有趣的是馬訶士的書寫，全然推翻革命的「樣版」，而是以一種寓言式的筆調創作了一隻化名作「唐吉軻．德瑞多」的甲蟲，在查巴達武裝革命的陣地裡，和革命者展開身心行動式的「對話」。

甲蟲經常戲劇性地現身，或以書信，或以魔法，像一個全身灌滿機智靈感的革命伙伴，在革命者半睡半醒之際，突而拋出令人不得不深思的話題。例如：「床是用來做愛的，音樂是用來跳舞的，而國家主義也不過就是奮戰過程中，偶發的現象。」

與此同時，書中另一系列敘述是馬訶士與原住民老人唐尼諾的對話。這裡，有神話般的智慧，有弱者詩一般的種種「隱喻」，以及自在入出生死臨界點上的游擊戰士對生存的思索。語言、文字成為引人深思的生命之糧，而遠遠超越知識的上下求索。

當《紐約時報》以「後現代革命者」的讚辭來形容馬訶士時，我們發現，他正經由一種獨特的創造性詩學，向這個被西方現代性所「虛構」出來的全球化風景，投出一行又一行由叛亂者自行研磨的「詩歌炸彈」。

在革命這碼事漸行疏遠、教條化的規章愈來愈稀薄的當今世界，印著革命者如切·格瓦拉頭像的T恤、馬克杯、月曆、海報……以一種流行商品的方式，在市場的目擊中，引人側目。這樣的事情，輪到查巴達手上時，卻展現出完全另類的思惟與操作。

叢林中的蒙面游擊隊員，是在認識到「自由貿易對我們而言，真像是炸彈」之時，靈活應對革命被「商品」異化的負面效應。這本書，是被排除者在山靈中共同書寫的革命詩篇。

第三部：大地紀行

上野村神社　達達創意／提供

最後的教室

——大地藝術祭之一

三年一回的「大地藝術祭」歷時十二年以來，
藝術家與土地、農民為區域復甦所作出的共同承諾。
這才是藝術祭出現在世人面前，
最值得被提及並書寫之處。

二〇一二年初春，終於接到日本「大地藝術祭」的邀約，由「達達創意」和「差事劇團」共同籌組一個融合公共藝術與民眾劇場的團隊，參與三年一度的盛會。四月間，為安排此一活動型的創作，與「達達創意」的負責人林舜龍偕行，前往慕名多年的大地藝術祭「越後妻有」展場。

是時，閃過我腦海的是：到底是什麼樣的機緣，讓如此具國際視野的藝術節在這裡發生呢？隨即，我便

農民在架上曬稻　達達創意／提供

也想起策展人北川富朗於二〇一一年在北京演講時說的：「當今世界，對地球環境危機意識的喚起、對資本主義倫理觀的質疑，取代『城市藝術』的藝術正待冉冉升起。」

這是一種文化國際觀的提出，因著藝術與世界危機而舉辦的藝術節，在當今亦趨稀有，故而益發令人側目。在這個集合世界知名藝術家共聚一堂的節慶中，並不僅僅提供藝術家展現其創造性成品而已；更重要的，是在復甦土地被資本市場掠奪後，當地農民們、老人們、孩子們，如何因為文化的適度介入，重新尋求展現土地及農業生機的可能性。

轉化民間廟會的構想

也就是在這樣的想像下，我有機會進一步再去思索，歷經二〇一一年東北區大地震與福島核災後，藝術祭會如何思考「藝術與災土」的關係。在二〇一二年，以「投入大自然懷抱」為主軸的線索下，北川所提出的想法，其實深刻而發人深省。他意有所指地說：「就如二十世紀城市開發帶來的不穩定性一般，二十一世紀以市場機制為基底的資本全球化，正對環境帶來空前的危機，發展效率及文明進化論，已達到關鍵的飽和，於此，人類宛若失去海圖而漂流於茫茫大海中。」

這是進入「大地藝術祭」的重要線索，其中鋪陳的不再僅僅是藝術本身的世界競比，而是誠如人們對此一藝術事件的評價，即「緩慢革命」的主張。就是在這樣的主張下，從台灣出發的我們，有了以轉化民間廟會為劇場與公共藝術聯結的構想，聯手創作《遶．境——祈福之旅》。

「遶．境」取其跨越國境的意涵，針對地震與核災為害後的省思，將當前資本全球化後的「環境危機」及「糧食危機」提到藝術的公共空間來，認真對待其不再是一國一境之內的事情，而是共同要去面臨的藝術跨界對話。至於《遶．境——祈福之旅》，則轉介台灣民間廟會中的元素，將車鼓陣中「踩踏」土地以驅邪的傳統，置放在環境保護的藝術行動中；同時，運用「開四門」的儀式，展現對災後土地復甦四季生機的祈願。

跨界合作帶來文化國際觀

其中重要意涵還在於：延續三年前「達達創意」負責人，也是藝術家的林舜龍在「穴山村」農地裡裝置的作品，進一步地與當地農民緊密連結，讓藝術創作在農民的參與下，真正滙入大地的脈動中。其中，由藝術家所設計並製作的「地母」形象，援引女媧補天的抗暖化意涵，在山村農民的共同參與下被完成，是當下，亦是恆久。

另外，一具四米高、十二米長的「日

大地藝術祭：《遶．境──祈福之旅》　達達創意／提供

夜」大布偶，是典型民眾參與劇場的活見證。它將在藝術祭活動其間，結合「穴山村」、「上野村」及「津南地區」的民間祭儀，共同在台灣廟會儀式的「踩踏」、「開四門」陣式中，由當地各村居民在經過戲劇與儀式的工作坊之後，共同敲鑼打鼓並高舉布偶踩街。

從公共藝術到劇場，《遶・境——祈福之旅》是跨界的合作計畫，也就是在劇場的時間性中去追尋公共藝術的空間感，而後融合社區庶民的時空，其經驗可從寶藏巖藝術村的「藝居共生」，找到某種接近的參照。

特別值得一提的，當然是八月間進行踩街的「上野村」，因著有來自中國大陸、南韓、日本、香港，還有台灣藝術家作品的並置，今年大會特別以「東亞藝術村」的名義標舉而出，其間意義固非比尋常。但，與其以東亞經濟圈的興起作為標竿，倒不如回到龍應台以台灣首任文化部長所提出的「文化南方視野」，或許較具有探究價值的客觀空間也說不定，但，論述須由創作及社會實踐為基底，也是不爭的事實，這也是「大地藝術祭」值得參照之處。

這樣的文化國際觀，就個人的期待而言，當然是接近文化另類全球化的主張。只不過在資本全球一體化的當前，主張者無論從日本到台灣（反之亦然），到底能有多少策展及治理能量、認知及堅持，讓其價值仍聚焦於：面對當今世界資本主義帶來的危機，採取文化或美學再造的批判和反思，則持續引人關切。

七月間開幕時的「越後妻有」，已經是一片綠草披覆的大地。四季交替、地球永續，既然是「大地藝術祭」的精神所在，何不回到這個主軸，在民間儀式、藝術創造上不再疏離於農民、農業、農事，以及日漸被現代欲望所拋離的土地呢？

一座動人的「農舞台」浮現在視線前

「穿越縣境漫長的隧道，便是雪國。夜的底層白亮了起來。火車停在信號所前。」

恰是川端康成在《雪國》裡的這席話，將我引到了小小的電車站前，遠方是滿山滿谷的雪，近旁的雪地上，是草間彌生那以瘋人世界的想像而聞名於世的圓點作品。紅色、綠色、黃色的鮮豔點狀，像是要將初抵臨的旅人如我，帶往魔幻天空的一處。但，這裡是積雪未曾消退的車站，是世界知名三年一度的「大地藝術祭」的主要基地，以一座非常動人的展示館「農舞台」，浮現在人們的視線之前。

已是四月中旬，難以想像雪竟仍如此執著於大地及萬物之上。據說和今年非比尋常的落雪至十米高，有著密切的關聯。陌生或好奇於雪境如我者，不免會想雪到底意味著什麼？首先的聯想，自然又會與川端在《雪國》中塑造的浪漫愛情有關。但，不至於超過太長時間，因為橫跨兩個台北大的「越後妻有」這個地區，以四百件藝術作品正站立、伏身或潛埋於雪地之中。

為區域復甦做出的承諾

於是，一種藝術在雪國的安靜中默默淌流著血脈的無邊想像，瞬即在腦海中編織成繽紛卻又有些騷動的圖象。待安靜下來便開始想，來到這裡，先是有無法言說的凝神，面對著雪中的靜默；接下來閃過腦海的情境，便是雪季過後的大地，大地上的農民及一壟接連一壟的梯田裡，秧苗初長、稻穗連綿的景象。

汽車沿著蜿蜒的山脈，將我們送抵住宿的所在，這裡是「三省國小」，原是一所廢棄的小學。雪在山脈及梯田間無聲堆積，可比兩層樓高。從窗口望出，一片雪白之間的是錯落的屋宇和一旁盛開的櫻花樹。

和大多數日本鄉間的小學校一般，這裡有一個很大的禮堂兼作籃球場。現在空空盪盪，偶爾從裡頭傳出的是來此參訪的家長、老師帶著孩子玩耍的的嬉鬧聲。而黃昏很快將雪白的戶外染上了暈暗。

孩子與我及他們的師長比鄰而坐，在長凳木桌側，各人去門旁的廚房打飯，我們的晚餐簡單而豐盛。因為都是在地的作物，「越光米」煮的飯異常黏著而鮮味爽口，青蔬、鯖魚配上一坨味噌，顯見其健康而可口。是一點不含糊地，這所廢棄的小學有了我們這樣藝術工作者及那些旅人的造訪，和土地上作物的產銷，以及在荒涼中幾近被時間所遺棄的所見所及，有著不可斷裂的連結。

所以，策展人北川富朗才會說：「這並不是單純邀請世界頂級藝術家、眾多人參與的國際藝術展，而是向世人展示一種姿態——一種襲捲那些不斷被遺忘的人口稀疏地區，珍視並聯結地球上每一寸土地和生活在那裡的人們的姿態，是一種祭祀的慶典。」

北川的肺腑之言，讓我想到另一個教室，它在另一個山頭的偏遠處遺世獨立，幾乎也要被拆除，卻因為藝術創作的救援，挽回了它的生命，重要的是這生命其實已被重新賦予，它是「最後的教室」。

腦海中的一齣戲碼

「最後的教室」是法國知名藝術家波坦斯基（Boltanski）的作品，在面對一棟棟被時間襲捲而失去面貌的小學教室，記憶不再以緬懷的傷情或感知，在我們面前任意串燒；相反地，它以偌大如實體教室的墟址，被龐然而不知界限的幽暗及陰影所覆蓋。令人屏息的還在於：這陰暗隨著我們的腳步，在幽光中一路隨行，登上那時間長廊另一端的學童教室，以及或許曾傳來校歌或師長訓誡聲的大禮堂。

而現在呢？一切歸於沉默，僅剩下濃烈得令人有些窒息的稻稈味，在空盪盪的暗沉中，傳來擺在課桌椅上一具具電扇的扇頁聲，那麼熟悉的孤寂，卻又像是把一切的熟悉推到不知何處的遠方。

我的腦海中，闖進了一齣戲碼，景象時而鮮明，時而失焦。戲碼描述在島上某個偏遠山區的小學校，原本已要被拆除，卻因一場裝置影像展，在地居民保存此一舊校區的願景重新復甦……。這時，山區裡來了四位曾經在這裡就讀、卻已多年未見的中年男女。他們的重逢揭開了山村的記憶，並且在情愛糾葛的藤蔓中，

大地藝術祭：離去的身影　達達創意／提供

訴說了人們在遠離後，社會歷經的種種變遷。

透過微影反射而出的影像及裝置，我們彷彿聽見並聞到童年消失而去的氣味。那難以被挽回的記憶幽光中，此刻正傳來人的心跳聲，像似對於溫慰的急迫催促，更像內心裡尚未被解除彼此嫌隙、猜忌以及隔閡的殺伐聲「噗通、噗通」敲響了生命的警鐘。

雪覆蓋著大地。站在「最後的教室」裡，黑暗中不免聯想，如此怖慄的震撼，特別是登上二樓時，那原本是學童解剖室中的舊桌舊椅，靜默於微弱的燈泡幽光中，空氣裡傳來的是奪人魂魄的心跳聲，噗通噗通地不曾歇止。

它要向世人宣示什麼？

我們似乎只能屏息以待、以思、以覺，我們似乎被某種巨大的悲劇感全然吞沒。

藝術帶來的是失落的希望嗎？

這是世界快速向前移動時，對於被拋棄的記憶，一貫的舉止與言行，不是嗎？我問著自己。也想到如果這樣的啟示性作品，被裝置於台灣山海某一處的廢棄小學裡，引來的回響是什麼？特別是在地的居民將如何對待它呢？那麼，這裡大多已離去的居民，若有一日有機會重返故鄉時，又會如何對待自己置身其間的「最後的教室」呢？這是耐人尋味的一樁提問。

出了學校，抽一根菸的時間，引領我前來的藝術家林舜龍坐上駕駛座，他的惑問猶在我的腦海盤旋：「藝術該為民眾帶來希望或是失落的希望呢？」我沉默。我們朝向另一個展場，車行在四月的雪地間，我沉默良久。

雪，是那麼無邊的安靜。

大地藝術祭：《遠・境——祈福之旅》之一　達達創意／提供

土地的留言

——大地藝術祭之二

三年一居的「大地藝術祭」剛在日本越後妻有地區收場，再次引發世界各地藝術家的矚目，特別在今年，明顯關切土地與藝術連結的台灣社區，與藝術界有更多的人前往。

收割機很精準地在金黃色的稻穗上緩慢移動，從外到內，沿著梯田的方塊，一方一方地割出稻穗。田，漸漸地裸露出它的原狀。泥土在割剩的稻梗之下，仰望著晴藍的天空。陽光照耀下的棚田（日語「梯田」的意思），啊！就像愈來愈往我們心裡靠近的一句叮嚀：「你好嗎？」那麼近似無聲無語的耳邊叮嚀，也只能在發怔時，響在遙遠的山際線上。

突而，引擎的轟隆聲停在身旁，一個回神，昨午才一起喝著清酒的農民，從收割機的座位上跳了下來，我好奇地朝他打了個招呼，就見他跳進稻穗滿滿的田間，拾起一張用透明塑膠紙裱褙的藝術作品指示牌，遞到我的面前！喔！原來是從電線桿上被風吹落的臨時指示牌。

台灣藝術的動人力量

這裡是越後妻有「大地藝術祭」的一個小村落，就十來戶人家的穴山村。在廣袤的、藝術作品遍布的山林及聚落間，這裡只有一件作品是稱作「越．境」的台灣藝術家林舜龍於二○○九年於此完成的製作。「作品放在這小村落裡，感到孤單嗎？」正想問藝術家本人，沒想到就瞧見他，又

冬雪未融，作者在林舜龍作品前。　達達創意／提供

和來看作品的一家大小親切地交談，並熱絡地介紹起自己的作品！

「越．境」就設在村子的入口處，一片稍稍壟起的平台上。主要的意象是一面牆，沿著牆緣點綴著像廟會簷廊下的交趾陶。傳統中透露著現代意涵的設計，中間有一道只能容一人穿梭進出的門，這門的後面便是一隻銅塑的台灣水牛。

「想像這是台灣的農事、農作與農民，穿越這道窄門，就到了日本農地上。看，眼前的穴山村黃金般的稻穗，浪波一般緩緩迎風展顏。」我正說時，眼前的稻穀已被收成了一大片。

在這裡收成的稻穗，不是糶穀後放在曬穀場上曬乾的。「農民們一排一排地，倒吊著稻穗，晾在竹架上。」林舜龍指著遠遠處一排排的竹架子，他說：「這樣稻梗上的養分才會流到米粒中。」這是很動人的一個畫面。

莫名的互動在心頭晃盪

看著這畫面，我心頭想的是昨天日午，結束我們的《遶．境──祈福之旅》的儀式劇場活動後，受邀和農民一起聚餐喝酒。酒酣耳熱、準備散

大地藝術祭：《遶．境──祈福之旅》之二　達達創意／提供

席之際，日本人通常的習俗，便是站起來高舉雙手，而後高呼「萬歲」。

這天，做這件事的是村中的一位長老，他站了起來說：「今天有台灣客人在，我們不呼萬歲，改呼對台灣朋友的歡迎。」大概是這樣的意思，我突而有了某種莫名的互動感在心頭晃盪著。我望向窗戶外，一片金黃色的稻田，再遠是綿延的山脈，更遠是城市，是國家，是殖民主義，是霸權，更是帝國的掠奪。

最終我關心的還是這趟《遶・境——祈福之旅》的成行。回憶中，這綿延不盡的山脈有很多的小小神社，就躲在杉柏及樹叢圍繞之間。常常為了看作品之便，我們一行五人乘坐一部小車，夏日的午時，就在這神社間乘涼，並享用晨起時備好的便當盒。

最多的記憶，自然還是圍繞在如何連結作品與當地農民的互動上。由藝術家林舜龍所設計的「日、夜大布偶」，形構的是春夏秋冬的意象，結合了神轎上的地母，弔掛了台灣孩子與當地居民共同編製的「祈福娃娃」。總體看來，是一組具有庶民意象的臨時性公共藝術作品。

值得一提的是「大地藝術祭」重視在地居民生活感受與藝術介入的部

分，當然前提也是我們得以找到藝術與民眾互動元素的根本關係。當我坐在稻田旁、在神社間、在晴空的櫻花樹蔭下，腦海中出現的還是那些素樸農民的表情和眼神。

走進農民的生活與信仰中

很多時候，那與他們端上桌來的蕎麥麵一樣讓人歡喜和感動，這也不免令人回想起初來與他們見面時，表現在他們言談舉止上的矜持，甚至說是抗拒，也一點都不誇張的。

在迎面處理和解決如何能觸動農民共同參與的過程中，也得加緊排練我們所帶去的戲碼。與其說是戲碼，倒不如說是一場「大鼓花陣」的儀式，在消費觀光市場化的風潮中，台灣也僅有台南西港一處廟宇，還存在著這樣的陣頭。

「內是天圓，外是地方……天圓地方，這陣頭的空間感與天地合一。」藝術家林舜龍有感而發。「陣頭主要的方向就是要開四門。哪四門呢？是春夏秋冬這四門。」學傳統藝

在穴山村的「大鼓花陣」　達達創意／提供

陣的李秀珣是劇團成員，常在台灣民間廟會拜師學藝。她卸下綁在身前的大鼓，喘著氣息說：「最重要的，當然也是最吃力的，還是在於踩踏這件事上。」

「踩踏」是很生猛，也很有內涵的練習。要使盡全身氣力，用身體的下盤壓下雙腳，進行繞鼓花的行動。在傳統的民俗信仰中，就是用腳去驅走地上的「邪」。我們將意涵作為現代的延伸，則是對於資本掠奪所造成的土地災害，統統以「踩踏」作為一種抵抗的姿態和宣示。在這樣的轉化思索下，「儀式」有了深刻的意涵，有了一種與藝術、與社區、與逐漸被遺忘卻奮而起身的農民的身體，相互對應且不容或缺的美學力道。

是用這樣的儀式配合著大布偶的踩街，我們走進了當地農民的生活與日常信仰中。仲夏八月，先是在一個逐漸形成「東亞藝術村」的上野聚落。夜晚，在聚落漸次蕭條的神社慶典中，全村數以百計的居民，全部聚擁到社區廣場。鼓響了，陣頭起駕了，大布偶在群力下上山了，朝向神社而行，鞭炮聲中，點燃了農民們復甦土地生機的種種熱情！

完成《遶・境——祈福之旅》

此行的全數心力，可以說都集結於九月間在穴山村的儀典上。村子裡的孩子也來參加「開四門」。這回，從神社走向「越・境」作品的現場，主要希望經由「大鼓花陣」儀式導引村民及參訪者，一同穿越那道作品中間的「窄門」，完成穿越象徵國境的《遶・境——祈福之旅》。

在東亞，人們在冷戰／戒嚴體制的歷史性封鎖下，漸次地失去了自己跟自己的鄰居相互認識、友好的契機。西方價值觀與伴隨而至的資本主義體系，如影隨形長達半個世紀之久，然而，那漸次在這樣的主流世界觀中被遺棄的土地，以及在土地上勞動的農民，卻透過「大地藝術祭」找到和這世界宣告自己身姿的家園。

這是藝術與土地共生，或者，藉由土地而再生的一種見證。我以此，寫下土地的留言，為著寄語，更多則為著前瞻。

皮村街上　黃鴻儒／攝影

流動

——皮村紀行

氣溫降到約莫攝氏零下一、二度。早晨上班的尖鋒時間，
我和鴻儒、俊嘉兩位台灣客家電視台的編、導，
手裡各握著一杯新鮮脆打的黃豆漿，是早點，
也順便握在手中取暖。
他倆生平首次來大陸，一切充滿好奇。
我們要一塊兒去皮村，我去見老朋友，他們要採訪我的行程。

一、這裡，北京

「歡迎來到真實的北京。」

「皮村！這裡嗎？」

二〇〇九年劇團來到皮村。它已經被都市現代化想像的尺碼規劃進北京，然而，它明明是城鄉交界處地域不明的所在。貧困、流動、驅離的種種光景，像來不及收納的影像，在腦門子的記憶庫裡閃現、隱蔽又無情地闖入闖出。剛回了神，便已坐在一家餐館裡，來接風的是孫恆和他一伙打工弟兄姊妹們！

孫恆舉起他的啤酒杯，不動聲色地朝我微笑著說，他是皮村「工友之家」、「打工青年藝術團」的主唱，也是開創者之一。離上回來也有個幾年，事情似有超出我所想的變化。

於是，先是有些訝然，卻也很快地意會了過來！他言外之意，指的當然是正朝著高度開發邁進的北京，也許是當今全球主流觀點下的北京。恰恰因為如此，它不會是打工者流動身體於其內外的北京。

那麼，皮村是怎樣的北京？當真如孫恆所言，是「真實的北京」嗎？

先說，衛星空照下的皮村，就地理位置而言，它確實就在大北京的範疇裡，但它已從一環越過二環，再越過三、四環，來到五環及六環的交界，就在國際機場周圍不遠處的航線下。這時，你會發現，每隔三、四分鐘的交談後，必須停下來，等轟轟噪耳的飛機引擎聲過去後，再重複一次剛剛沒說完的語尾！

「看人家坐飛機來，卻等不到自己坐飛機去。」一個年紀輕輕的打工者，在這裡當自願者。他拉大嗓門，總算讓我聽清楚了他說了什麼。「沒錢啊！」他又補了一句。

這裡仍是大北京中小小的一個據點，只不過煙塵彌漫，裸露在視線外的是紊亂，隱藏在視線內的是暗灰。

它不起眼，因為絲毫難以都市的光鮮，來度量其存在的任何理由。那麼，都市就該光鮮亮麗嗎？只能說，至少這是北京作為中國首都，在當今全球化的語境下，一般人們急著拋出的想像性修辭。

七月酷暑，頂著世紀性的超級高溫，一出機場，離了空調，便感受到不尋常的炙熱，正在城市上空及地面，毫不留情的赤裸著，不動聲色，就能逼得你一身是汗。沒有往城中心去，想來也是對的，因為，熱流在街巷間跟隨著空調排出的熱氣積累而上，只有更令人喘不過氣來。

就這樣，來到皮村。來到都市的邊境，來到大北京周圍的這一個地方，睜開的是一雙超乎臆想之外的眼睛。

「看看這裡，全在拆房子，因為兩年以內，景象將全然改觀，皮村要改變成北京近郊的物流中心。」來接我們的是「新工人藝術團」的許多，他既是編導也是歌手，無奈的一張臉，訴說著城市背後的隱情。

「所以呢？」我急著發問。

「要拆呀！再蓋啊！地上物蓋得愈起色，徵收時才愈值錢啊！」許多話不多，通常用語助辭來為不怎麼起伏的情緒調調溫，「嗯—哎呀—說了你也難相信，拆是為了蓋，蓋也是為了拆……夠荒謬了吧！說穿了！還不是那補償金真誘人！」

「那你們呢？」我的好奇顯得著急又外行了！招來許多的回覆說，「我們是打工者啊！來這裡，度過沒家產、沒穩當、沒身分的人生……那就……」他頓了一下，又說，「繼續打起精神在貧窮的生活中奮鬥下去。」

說的是。那麼，我們這演戲的，又要來這裡奮鬥個什麼呢！這樣想時，面前迎來的是一處大廣場，穿過去，有一頂被整修後固著於牆面上的大帳篷，我們來此演一齣稱作《江湖在哪裡？》的戲，說的是基因改造的國際糧食權力關係。許多和他的打工伙伴，則在這裡建構他們的文化戰鬥基地，唱工人維權的歌，演打工者維權的戲。

許多「工友之家」的伙伴，近年來排了一齣戲碼，就稱作《我們的世界，我們的夢想》，當中有這樣一句台詞：「沒有我們的文化，就沒有我們的歷史；沒有我們的歷史，就沒有我們的未來。」這席話有著深刻的內涵，特別當暮色漸降，居民們都趁著較陰涼的空檔，聚到廣場來閒聊、跳社區舞及打乒乓球時，你會特別想從他們各自的身姿中，或推測，或解讀他們的夢想是什麼？而我們這個世界，於他們而言，又發生了什麼……。

是這樣，「皮村」這個地名，開始非常有意識地輸進我的生命感知中。那種失序中的秩序，讓人無由去認識這竟是一座城市，一座在世界光環下愈來愈成為亮點的城市的外圍。

我開始去想，過馬路時，暗幽幽的闖在沒道路標示上的車輛；那路邊攤子上，無法分辨其為雞、豬又或麵粉製品的滷味；那斜傾在夜色中，剛剛在日射下被敲碎的滿地磚瓦；那堆積著一概是濕了又乾、乾了又濕的排泄物的茅坑的氣味；那在廢棄鐵箱子裡兀自冒著悶煙的垃圾；那農家廢棄大院改裝的家具工廠；還有轉角處幾個豔妝女子在鏡子前候客的煙花戶。

還有，那在一個窄窄的門道上，用發了黃的毛巾，擦著赤膊上身的年邁工人。他臉上沒有表情，那雙深邃的眼神，卻又像在訴說著他流動不居的人生。他的身後有一盞暗暗的燈，照著刀刻般皺紋的他的側顏。我想著，這景象有些熟悉，像似發生於一九九〇年代，我初訪馬尼拉都市貧困社區時，流過記憶門廊的很多片刻。

是第三世界吧！無聲地承擔著發達社會遺留下來種種不平等代價的區域。是嗎？但，通常是國界在區分著發達與不發達的界限。如今，我們眼見的，卻是中國境內的第三世界。不是嗎？

是的，就這第三世界的流動，驅動著我再度地回到皮村。時間則已是隔了一年之後的寒冬。

皮村街上　攝影／黃鴻儒

二、世界，哪裡？

氣溫降到約莫攝氏零下一、二度。早晨的上班尖鋒時間，我和鴻儒、俊嘉兩位台灣客家電視台的編、導，在四環鳥巢旁的路橋下攔出租車。手裡，各握著一杯新鮮脆打的黃豆漿，是早點，也順便握在手中取暖。他倆生平首次來大陸，一切充滿好奇。我們要一塊兒去皮村，我去見老朋友，他們要採訪我的行程。

好不容易，終於攔到一部願載我們去的車子。前面一、兩回，師傅（司機）都說：「皮村？北京有這地方嗎？」沒等我們解釋，便起動引擎，消失在繁忙的車陣中。這回，停下車的是中年婦人。我才心想，也許她就是打那兒來的，沒想，「不知道耶！」她在每隔幾秒便關注著車外交通狀況的眼神間，和我們說著，「沒打緊，我問問看……上車吧！外頭冷得呢！」我們邊提著包包和攝影器材，交換著微笑的眼神，像似在說：「嗯！還是女師傅體貼人。」

於是，接下來的十分鐘左右，她邊拿起駕駛座旁的無線電通話機，邊尋問路途，邊與我們話家常。俊嘉架好後座的攝影機，鴻儒客氣地讚美北京出租車師傅的周到。我們準備上路。

目的地：皮村。

車行四十分鐘左右。下了快速道路，城市的景觀開始大幅地改變。高樓不見了，車窗外盡是冬日裡枯了葉的行道樹，和行道樹後，像似剛被挖土機整過的大片空地。散瓦、鐵皮、廢棄塑膠袋、保特瓶……種種人生活過被拋掉的廢棄物，和砍落的樹枝一起雜陳在視線的盡頭。

我想。快到了！景象喚回了幾些記憶，雖說，上回來時是酷熱難擋，這眼下是徹骨的風寒。但，空間的流離感在身體中形成的，就像一片片碎裂後重又被拼貼黏合起來的鏡面，在眼前，勾勒著似曾相識的種種。快了！應該就在前方。「喔！不是……」就在記憶的碎鏡要被黏合完備的當下，女師傅突然有些氣結地嗆了一聲。她停下車，搖下窗戶，外頭的大叔拉著他滿滿一車的鐵、鋁瓶罐和碎片，正吃力地想再踏上一輪，沒想到被親切地攔下路來。

「皮村兒啊！就前頭那沒閃燈的號誌燈右轉唄！」

「明白。謝謝啊！大叔。」

是這樣子。在城市邊緣快速的變遷與流動中，我們隨著流動的馬路，來到了皮村。我一眼見到那圓環，就辨別過來了！

「對了！就是那兒了。」

說著。我心頭又回想起上回夏日炎炎來到此時，孫恆說的：「歡迎來到真實的北京。」

這麼說時，我記得，他可一點都不帶玩笑或自嘲的。因為，這就是當前中國境內三億打工者（他不贊成「農民工」這種稱謂，因為，那表示不是農、也不是工，是對勞動階級歧視性的說法）生活的北京。

就這皮村入口的圓環，它是辨識一個流動城居的起點。一切顯得那麼錯綜繁雜，那麼該怎麼形容？噢！容我打個比較難的比方，便是人來人往，又稀稀落落。這是一種在大規模都市計畫中脫勾的常見景象。總見有三、五人或蹲或站，圍成一小圈圈……手上的紙菸飄呀飄地漫著煙，又沒事似地東張西望，表情被一種灰漠給盤據了大部分。

我打了通電話給來這裡的流動小學當臨時教師的晨引，她從台北來，是劇團的成員，幾個月前才因接到一個跨境的研習計畫，再次抵臨這個她應逐漸熟絡起來的「北京」。她在電話那頭說是：「忙著，忙著……馬上前去接你們了。」這時，我擺個頭，就見到後頭的攝影機前圍著幾個大叔和大娘，他們沒七嘴八舌地討論什麼，倒是默默的輪流朝攝影機的「景觀窗」，看著自已流動城市的景觀。

「笑了……」我心頭說著。「沒啥目的地，就那麼天真無邪地笑了！他們……。」

冬日午前的大街，還是很凍。晨引由街的那邊走來，我朝她招手。相遇之際，便從我一貫熟悉她的眼神中，讀出她專注於工作時的忙碌神色。「教英文，教音樂，還有戲劇。」是啊！夠忙碌的了！我想。最需要恆定的，應該是如何面對流動的孩子們。

學校叫「同心小學」。名字取得好，也取得心酸。前回來此演出時，透過當時一位也是從台灣來的教師——張耀婷的文

「同心小學」冬日的籃球場　攝影／黃鴻儒

章，領會到流動的兒童，隨父母打工的足跡，由一處換移到另一處。她班上的一個孩子說：她搬過二十幾次家，每搬一回就瘦一圈。另一個小男生唐龍，則因為不具城市身分，在城市裡生了病，沒有醫療保險，便因繳不出一筆又一筆的醫療費用，只好被迫回去父母的家鄉，依在祖父母身旁。

印象最深的是一首稱作〈非常想念〉的詩。詩裡頭短短六行，寫在孩子早熟於流離失所滋味的心版上。說是：

回想和你一起的時光，兩人總坐在秋千上，
你給我說著笑話，我給你唱著歌啊，啊……好開心啊！
回想你剛轉來的那天，我給你的掌聲最激烈，
你是我最信賴的人，我們之間總有默契，啊……我的知音！
沒機會與你道別，沒能夠留下你的聯繫，
失去你，我感到悲痛！我想嚎啕大哭！

寫這首詩的是季軒。耀婷在她的文章中提到：「季軒，五年級的孩子，家住在北京曹各莊。她是我社會課的學生、『少先隊』（即少年先鋒隊）的旗手，她離開的前一天，我在課堂上提到了城市拆遷，放學後我們排練著隔天升旗儀式。」

猶記得，讀到這段文字時，我正聽聞拆遷的事，已經在附近的各個村莊中展開，就要迫近到皮村來了！情形是：在地的農民準備著屋被拆後，領一筆一輩子在農地裡巴望不到的補償金；而離開家鄉農地，來此貧困打工的勞動者，正面臨朝不保夕的下一個明天。接著在文章中，她提到：「然而隔天早上卻接到孩子父親的電話，說他們的村莊因為金融街計畫要拆，所以連夜搬到了通州（北京六環外）。才開學一週，一切都是那麼的毫無預警。」

文章中繼續寫到：「她是我第一個面對分離的孩子，於是假日我坐了兩個小時的公車，到她的新家進行探訪，她對我說：『老師，我沒機會和程陸遙說再見，這封信和小髮夾，妳幫我帶給她好嗎？』」而面對自己最好的朋友突然離開，四年級的詹文輝用「悲痛」來形容這樣的感覺：「突

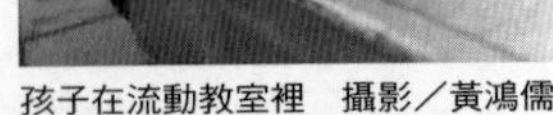

孩子在流動教室裡　攝影／黃鴻儒

然走了，連再見都沒說。」

再見了！再見都來不及說。在劇烈變遷的中國大地上，據統計，已有兩千三百萬個這樣的孩子，在臨時的學校裡聚聚又散散。最短一週，最長可以有個幾年，就看爸媽哪裡掙得到工資，哪裡有屋簷，哪裡吃得到三餐。

這幾個孩子，我一個都不識得，也沒機緣和她/他們碰上面。冷冷的午後，我穿越雜亂中不知如何定位自身的街巷，轉進曾經熟絡異常的弄道，差些就迷失於拆拆蓋蓋的廢磚瓦間，一陣恍神後，又來到「工人劇場」的那個廣場前。

走進去，見了老友郝志喜。他離開「革命聖地」——延安的老家，出門打工，一轉眼也有了七、八年。他自在地坐在沙發上，接受與我同行的攝影機的採訪，不忘平靜的敘述自己的打工生涯。

問他今年回家過年沒？「今年，回老婆的家……過的年。」他說著，總是微笑著、卻不禁透著某種漠然的一張臉，無聲勾勒著這被城市的現代化欲望給遮去了所有樸實面貌的村子。

一輛小貨車從街道駛過，揚起塵埃……。

我要郝志喜和我在院子前的那面壁畫前一起拍張照。那壁畫是他們在這裡組織起「工友之家」以來，最為典型的一幅。畫旁的牆上，大大的紅色簡體字寫著「勞動最光榮」。我後來在相機上看這照片，就不知怎地，覺得站在這五個紅字旁的自己，眉宇之間透露著某種煩惱和憂心。

話別了老友，這午後的一小段時間，沿著村子後頭的一條街轉回「同心小學」去。荒涼的冬日景像，由白楊樹的禿枝中，透露著一首詩：

城市與鄉村
兩個不同的字眼
卻得一輛輛瀕臨死亡的火車
喘著粗氣
在兩地間，艱難地拉鋸
那塞得滿滿當當的腹肚裡
全是
被窮折騰的老百姓

寫這詩的人是全丁，他也是當前全中國三億流動打工者中的一名，所以他稱自己一系列的短詩為「工人隨筆」。我心頭想著這詩行中的意象時，一旁敞著或閉著大門的家具工廠裡，零星的工人們正忙著刨木、噴漆、洗刷著成品。有一婦人經過廠房、越過無車、無人穿行的街道，手上提著一袋垃圾，扔進悶燒著種種戴奧辛氣的鏽鐵大垃圾桶裡。

這裡是城市或鄉村呢？都是，也都不是。這裡是邊緣。是城市的邊緣，更是鄉村的邊緣。因為，這是被城市的欲望遺棄又

鍾喬與郝志喜在皮村　攝影／黃鴻儒

被吞噬的地方；也是土地已經不再餵飽離鄉農民肚皮的農村了！就像是詩行裡說的：喘著粗氣／艱難地在兩地拉鋸／瀕臨死亡的火車。

然而，也就在這樣的火車裡，響起了打工者嘹亮的歌聲，唱著「北京好大好大／北京好冷好冷／北京不是我的家」，曲調在每一個悲傷的頓點中，都像在吶喊著什麼！

回到小學。隔著學校的鐵柵欄大門，點了一根菸的時間裡，家長都到校門口來接自己的孩子了！「少先隊」的孩子排排站，練習簡單的向右轉、向左轉、向後轉。或枯燥，或昂揚，總之，無論如何是放學前的一個生活儀式。

晨引戴了副眼鏡，在寒冬中站著。有孩子圍過來，說是要我給她／他們來堂戲劇課。課堂把桌椅擺到側邊，就成了戲劇教室。流動的孩子，騷動不居，吵吵鬧鬧中對表演興致高昂得出乎意料。我猜每個孩子身上，都有說不完的故事。

分組表演時，原本興致最高的幾個小女孩分作一組。她們只是對著躺在課桌上的一個長得較高大的女孩，或喃喃低語、或泣訴著……。

「演什麼？」演後分享時，我問。

她／他們不是尷尬，便是意見不合地說不清。我看著攝影機裡的畫面，一逕地無語的幾張表情，便直覺是一種「分離」，又或說不清的「分離的傷慟」吧！

我沒追問。也不需再追問。下了課，這幾個女孩蹦蹦跳跳地經過我的身旁時，一起回過頭來說了聲：「老師，再見！」我說，「再見！」卻沒來得及說「明天見」，因為，我就要和鴻儒、育嘉啟程到另一個打工者的村子。

而我猜想，她們一定在心底相互嘀咕著：「明天見。」又或叮嚀著：「明天一定要再見。」是吧！我想是的……。因為，緊緊相繫，是她／他們唯一相信的世界。

這麼想時，便在心底凝聚著一句話，是要告訴晨引和所有相識或不識的「同心小學」的老師的。說的是：「你們在當今世界的前沿，帶著孩子起飛，朝向世界……。」

然而，「世界，哪裡？」我問著自己時，車已沒入暗黑的馬路中，偶有闌珊燈火，在遠遠處閃爍著。

我回頭。黑暗中。皮村，「再見囉！」

三、出口

夜暗中。車子從大馬路拐進一條較小的街，而後，便在暗巷中轉來轉去……最後是沒有出口的死胡同。這裡被稱作「八十四畝地」，我猜必然和早些年仍是農村時的稱謂有關。這是快速開發中，令人措手不及的大北京外五環。

至於，農村嘛！現在是連「稱謂」都名不副實了。因為，它迅雷不及掩耳的在地圖的位移中被抹去，只消城市伸出了一根指頭，做橡皮擦狀的動作，便輕易讓一片又一片農田，消失在人們來不及應接的視線中。

因為，城市的胃口正大到難以想像的地步。如是，讓我們且以一條地鐵來比喻城市的腸道：這裡是北京地鐵的盡頭，像似食物消化後通行的途徑，只到這裡；接著便是在灰濛濛的大街口，人來車往的匆忙景象。秩序，不再由消化系統來控管。

那麼，這裡的秩序由什麼來控管呢？由廢鐵、廢鋁、廢紙和廢棄的五金來鋪陳城市消費的帳目。但，這帳目下，必要有回收的機制，城市才不會陷入失控狀態。

這件事，便由流動的打工人口組成一支龐大的勞動隊伍。在日夜不休的分門別類中，鐵歸鐵、鋁歸鋁、紙歸紙、五金歸五金……終而，一切搞定時，留下來的是，站在層層高疊的廢棄物上方，一張張在遠方高樓的燈火映照下，喘著無聲氣息的身影。

又是北京郊區一個流動的區塊，存留著勞動人口底層的血與汗。血在體內快速奔流，速度好比從家鄉換移到城市的腳程，而後，從一個工廠漂泊到另一個工廠，為的就僅僅是三餐的溫飽；那麼，汗呢？應該是再也無法以「勞動的果實」這樣積極的話語來修辭了！

「就這裡了嗎？」幫忙載我們到這兒的師傅，像似對於往前沒有出口這回事，沒有太大的訝異，就更不用說怨言了！想來，他是很能入「境」隨俗的融入這樣的城市開發狀態中的。「天冷著呢！那就有機會再見囉……」他說著，方向盤打了三百六十度，把車子在窄窄的弄道中整個地

工廠區兩位婦人　攝影／黃鴻儒

回轉頭。我們下車，在入夜的城鄉接縫處，縫補自己內心裡一張景象碎裂的北京地圖。

夜晚。在農村院改建的樓房陽台，我們看著遠遠地方，像一座偌大的城樓般亮起的燈火。「那是通天苑，應該是全世界最大的社區大樓吧！像一座小城般，裡頭有各式各樣自成系統的商家……」在這裡的一個ＮＧＯ工作的台灣年輕朋友說，「住的很多是學校剛畢業，付不起城裡漸高昂起來的房租的青年就業人口。」

房價、物價、租房水漲船日日高，無非是城市發展慾望中的一場「權力遊戲」。這遊戲最終的結局，於弱勢者而言，它的出口會是哪裡呢？我和「木蘭花開」打工女性團體的負責人麗霞通信時，說的便是在這裡安排一個整日的戲劇工作坊，主軸便是「一場權力的遊戲」。

工作坊進行到最後階段時，我們進行分組的呈現。其中的一組所展現的，恰恰是女工在生產線上與領班有了矛盾及衝突後，如何面對未來生計的問題。

隔日，隨行的紀錄片導演與攝影師，和我三人在寒冬的大馬路上茫茫前行，我們在一家掛著超大看板的餐館前稍作停留。手機鈴響，我去接起，「就在你的前面不遠……」聲音的那頭這樣說著。抬起頭來，我們在坑坑巴巴的巷弄路面間尋著人，隨即便看見「開心果」朝我們打著招呼，迎面走來。

是的，「開心果」是暱稱。她是美麗、大方的川妹子。昨天，還熱情有加的來參加我們的戲劇工作坊，而今天，要帶我們去她家聊聊天。看起來就四十出頭的她，已經有兩個成年的孩子，也在北京和她親愛的老公（「開心果」最常掛在嘴邊的話）一起度過打工生活有十年之久了！

「來！給你們介紹老張的手桿麵，道地的北方家鄉味。」伊說著。在她租房樓下的一處賣手桿麵的攤子前稍事停留，這時的我們，已經在一條傳統市場的攤子之間，穿走了小小的一陣子。坑巴的泥地上處處泥濘，有些滯礙難行，倒是賣吃的、喝的、雞鴨魚和手工藝攤商琳琅滿目，就連木料、五金行也一應俱全，真是一點也不馬虎。

「上來吧！」開心果燦爛的熱情迎接到訪的我們。她引著我們攀上有些昏暗的樓梯間，這舊樓房採光不足，應該是傳統市場的老式住房。果不

燦爛的「開心果」　攝影／黃鴻儒

其然，到了二樓，就見到一戶一戶隔開的人家，在門口擺著一套套小瓦斯爐，時值午餐時間不遠，有看似這樣或那樣的人家，老爸爸從樓尾引了一桶水過來，老媽媽洗了一小把的菜，朝鍋裡放了油——「喳—喳—」地便炒起了菜來。這時，還有一個頭算高大的男孩，在一旁看著書報，等著一會兒端菜到餐桌上去。

餐桌在這家戶窄仄的打工人家裡，都是多功能運用。桌上的瓶瓶罐罐、桌燈、記事本統統堆在一張塑膠花布上。旁邊還擺著燒煤炭的爐子，引了一道大圈圈的鋁管，將廢氣朝門窗外送去。爐子上頭擺著一只燒著熱水的大茶壺。

「保暖用。」開心果指著窄房中那具顯得突兀的爐子，朝著冷冽的空氣說著。這之後，她坐了下來，就在餐桌前的那張大床的床緣。「這我兩個兒子睡的。你也請坐吧！」我被邀坐了下來，雙手在寒冷的室內搓著，就瞧著身旁的開心果在一台電腦的屏幕前，邊操作邊和連線的對方閒話家常。「妳說的是，早上唱那首啊！正紅的呢！」伊笑顏逐開的說著，而後是一串的四川話，後來伊才解釋說：「她問我要不要再點唱一次，我回答

美麗的四川好女人　攝影／黃鴻儒

她才不丟人現眼了呢！」

開心果天生一副好嗓門，聽她說起話來的語音跌宕，就不難想像她唱起歌來的模樣。原來這是她每天都做的娛興——和網友們互聯唱歌。她說，鄧麗君最熱門，接下來想學〈阿里山的姑娘……〉，她兀自哼了一段，我們都開心的幫她鼓掌。

她便也順著大伙的興致，到一旁以木板隔開的小房間裡，取來一疊疊的照片，有幾張是相館裡的家人合照，其他大多是外出旅遊和先生一起拍的好些照片。

「那一年我向我公公說，我到北京去找你兒子，我既然嫁到你們家了，就是你們的媳婦了！我不會跑的。」說起十年前的往事，伊有些激動，但總是開心的收場。「就在工地上啊！我見了他，他一臉傻住了！怎麼，也沒想我真的來了。」

開心果是當前中國大陸流動打工群當中一個女性的縮影。的確，男人從貧困的農地裡出走，意味著就此和土地斷絕了關係，因為，回不去了！就算再回去，農地也已經被轉賣為工廠了！女人呢，說要去城裡，還不像

行動的可能性。男人那般順理成章的。因為，農村家庭的守舊關係，牢牢的圈住女人自由

開心果離開貧困的四川山坳子，她尚稱年輕母親的心，惦記著幼小的孩子。最終，她還是發現將孩子接到城市來，幫這個家多掙些錢是最具體的辦法。「我們一家四口都在北京了……租這房住，每個月付人民幣四百元，十年下來，存了一筆錢，在家鄉的鎮上買了一棟房……一百多萬呢！」伊仍然是笑顏逐開的談著家鄉的事。

「我和我的親愛的，年紀大了，打算搬回去住。孩子嘛！我看八成是不回去了！沒出路嘛！」

午時。開心果送我們出來搭車，美麗的側顏有些依依不捨。地鐵的終站就在大馬路的那頭，洶湧的人車潮浪般湧進湧出。道別時，我心想著：還有多少和伊及伊的家人一樣，在這都市邊緣的底層尋找出口的人呢？

三億吧！三億流動打工者。那麼，三億人，需要什麼樣的出口，才走得出一片天呢？我問。

魯迅文學之旅　攝影／陳文發

魯迅文學之旅

——廈門碼頭的浪

誠如魯迅的自述：

「我獨自遠行，不但沒有你，並且再沒有別的影在黑暗裡。

只有我被黑暗沉沒，那世界全屬於我自己。」

這樣的行走，給了我們啟示：

旅程雖有終站，對於行走的人，卻僅僅如過客，

在途中暫作歇息，喘口氣後，隨即又將奔赴另一趟遠行。

一九二六年夏，魯迅離開北洋軍閥盤據的北京，南下出任廈門大學中文系教授，僅數個月之久。

旅程都有終站，經常是車站又或機場。這一回，選擇在浪潮推湧的碼頭，倒是相當發人深省。因為，我們一行年長或年少共十六人，在魯迅的心靈旅途中迴旋了一圈。

選擇一個靠窗的座位坐下來，輪渡在冬日的波浪中，輕輕晃盪著。望著窗外起伏於浪波中的陽光，心頭的思緒也跟著波蕩的光，在一趟即將畫下句點的旅程中，來回擺盪著。雖說，僅短短的十天光景，卻像一條永遠走不完的路。最終，頂好的選擇，若不是不見終點的陸地，就該是看不到盡頭的汪洋。

不見終點，也就沒有終站

魯迅，一生都在行走。黑暗中行走，絕望中行走，徬徨中行走，更且如影般行走。但，就如《影的告別》中，他的自述：「我獨自遠行，不但沒有你，並且再沒有別的影在黑暗裡。只有我被黑暗沉沒，那世界全屬於我自己。」

這樣的行走，給了我們啟示：旅程雖有終站，對於行走的人，卻僅僅如過客，在途中暫作歇息，喘口氣後，隨即又將奔赴另一趟遠行。

若這過客是在晦暗道途中，逆行朝向墳頭，尋找死亡之後的再生，那麼，就不會讓他人陷入暗裡，只有自己在永不停止的探索中，扛起黑暗的閘門。如此，旅程於是轉化為用來抵抗現實的一條道路，不見終點，自然也就沒有終站。

回想著，一趟沒有終站的旅程。輪渡即將啟航，載著滿滿的心思，以及從魯迅的時間彼岸遞來的不安及忐忑，穿越小三通的海峽，對岸就是金門。這是午后三時左右的洋面，我揣想著，黃昏時登岸的陸面，將如何從昔時的戰地轉化為當下的觀光景地。會有閃亮的燈火穿梭石牆古厝？壕溝裡也傳來耳熟能詳的流行歌曲嗎？我沒來由的想像著。

魯迅的作品在台灣曾是禁書

回過頭去，我不經意的問著隨行的兩位年輕學生。她們分別在島嶼的東、西岸攻讀台灣文學，是碩士班的研究生。「此行印象最深刻的是什麼？」我微笑著，像似若無其事般。「喔……」遲疑了半晌，她們之中的一位，這才濃縮著話語，淡淡的說：「嗯！廈門大學這邊的年輕研究生對魯迅的反應啊！」

這提問簡單，答覆的背後，卻有一定程度的複雜。

冷戰風雲下，魯迅在台灣是戒嚴延長線下的禁書，而時間的推磨，又將魯迅從此間年輕輩的腦海中輕易拭去；然則，在大陸的教科書中，卻有一尊象徵著「民族魂」的魯迅。或許，他太高、太尊、太嚴厲……需要時間讓當今多元衝擊下的後學，尋找到重啟對話之門的鑰匙。

那麼，鑰匙在哪兒呢？我摸摸靈魂的口袋，想去探個究竟。便也回想著出發前一刻，寒流突然來襲的那個清晨。我拉著手提箱，行走在假日台北的清晨，還兀自喃喃的問著自己：「魯迅在哪裡？有幾人記得呢！」這樣問時，便似乎聽見靈魂的口袋裡傳出的聲音，說：「過去的生命已經死亡。我對於這死亡有大歡喜……」這是魯迅的話語，在《野草》中的題辭。它似乎提示著，鑰匙就握在我們當下的時間中，因為，藉此我們知道了活著、在眼前的魯迅。

北京，魯迅舊居的兩棵棗樹

一九一二年初，魯迅應蔡元培之邀，赴南京臨時政府教育部任職，不久，隨教育部遷至北京，並任教北大。

冬寒中，我們抵臨北京。灰濛濛的空氣中傳來一股特殊的氣味。那氣味有一種說不上來的熟悉。因為，每一次來都會聞到；只知其然，不知其所以然，就姑且當作旅人辨識不一樣城市的感官吧！

「每一座城市，都有不一樣的氣味。沒有氣味的城市，只不過將氣味隱藏在時間的底層，等時日一久，氣味終會散發在空氣中。」這麼沒目的的想著時，就瞧見隨行的D湊過臉來，手指著街道旁聳入夜空的一幢幢超摩登高樓。

我在車行中，拉長脖子再一次望向高樓的最頂端，想著這是上一回來時的那一幢嗎？似乎不是，又似曾相識。我們沒說什麼，只是相互微笑。我猜D和我一樣，都一時無語，深陷現代化的迷宮中，找不出解釋的語彙。

沒有語彙，倒無所謂。畢竟，我們並非為登高樓、享摩登而來。於是，北京的夜在我們各自的睡眠中逝去，並迎來了新的一天。

這一天午前，有陽光沿著尋常百姓的樓房外，引領我們潛入幽幽門巷中，來到先前是魯迅舊居的「魯迅博物館」。我的眼神不斷搜尋那曾經出現在一段詩行中的「兩棵棗樹」。那是一九二五年九月十五日，出現在魯迅散文詩〈秋夜〉中的頭一行詩句：「在我的後園，可以看見牆外有兩株樹，一株是棗樹，還有一株也是棗樹。」

弱者為生存開啟的循環之門

只不過就是棗樹，有什麼大學問？學問多大，到底不那麼重要。重要的是，這棗樹被打棗果的孩子打到只剩一枝單幹，卻像鐵似的直刺著奇怪而高的天空，要讓美得圓滿的月亮，也窘得發白。

棗樹何等不容情，連天空也因此藍得不安起來。這是魯迅對一無所有者的掛念。這樣的掛念，從絕望出發，卻得出以棗樹的孤寂所特有的精神來。何以見得？因最終，棗樹會作小粉紅花的夢，得知春後有秋，秋後還有春，是弱者自身為生存而開啟的循環之門。

棗樹發人深省，因為已經不單單是兩株棗樹，而是一株與一株並立著，引發追隨者超出了棗樹本身的想像。想像歸想像，但這一回不能不惋惜這想像了！因為，當我們從前院越過後院，一心想去探尋時，那棗樹已經不見了蹤影。「多年前便枯死了！」博物館的解說員這麼說著，沒感慨的口吻中，反倒讓人聽來有些不捨於時光中萬物的離世！

未見棗樹，雖不免悵然，卻不打緊。重要的是，棗樹在魯迅和當下時空中衍生的象徵意涵。這意涵，在隨後的一場講座中有了回應。由「魯迅博物館」前、現任館長主講的內文中，最終引申出中國目前尚有七億農民，處於生存待改善的邊緣。「魯迅是關切底層的」，講者對魯迅的精神，做出了扼要、切中命題的總結。

將「底層」的想像揣在胸臆間

台下的我，用單手撫著冰冷的下巴。心頭就想，如果魯迅活在今天，他筆下那株只剩單幹的棗樹，會是何等形貌，又將如何似鐵一般的刺向天空，更耐人尋味了！

關於魯迅，述說之多，怕非僅汗牛充棟，得以形容於萬一。在離去故居的最後一刻，一只擺在門路口的油燈，引發了我們的好奇。「是送客時，引路的油燈……」講解員解釋著。

我心想，當前，若是夜晚，這油燈發出的微微亮光，要送我們朝哪個方向前去？城市的高樓嗎？喔！不！我想，必然是底層的人生罷！

於是，我便也將「底層」的想像牢牢的揣在胸臆間。進而，難以忘卻在黑暗中探出頭燈來的礦工，將燈流朝著明暗之處，照射出移動當中的勞動者的身軀，以及一張張農民拎著包袱，在大城的車站角落或蹲或站的身形，他們共同交織成一幅眾人的「影」。

這眾多的「影」中，就有魯迅一身瘦瘦的背影，不願自顧地朝明亮的前景而去，而寧願與「影」，一同沒入底層人生的暗夜裡。如是，我們提著靈魂中那只引路的油燈，從魯迅的時光中走回來，繼續未完成的探索旅程。下一站，朝向上海。搭乘夜行列車，夜宿軟臥。

上海——魯迅定居之地

一九二七年十月，魯迅到上海，從此定居下來，集中心力從事革命文藝運動。上海，十里洋場，誰不知道？但信不信由你，那柔情就鋪陳在夾道的梧桐樹蔭之間。

冬日的午時之前，陽光像似一路從晨間延伸而來的朝氣，未料遇上了蕭瑟的梧桐，就有一種血氣也得臣服於蕭索的柔情。

當然，這景象肯定不會來自外灘的炫麗、誇張或俗濫。這景象，若和市井民居相互連結，便會多出一層對這城市的想像，令人因生出肌膚的暖意而不忍將目光隨意漂離。

那麼，市井的民居又如何有特色了！這我說不清楚，倒是那飛舞在樓間的床單，經常吸引著我專注的眼神，去想那樓居中的一家人，如何在柴米油鹽中度過波瀾起伏的中國歲月。

上海「魯迅紀念館」在四川北路的魯迅公園裡。不知怎地，對這公園，我總是記憶特別清晰。那拖著不慌不急的步子，在林道或樹蔭下散步的人們；不經意的花圃或拱橋旁聚著拉弦及哼唱的聲音及身形；成群地在陽光草地上大方地練起國標舞的男男女女。這裡的場景很有民眾性，應該這麼說。而魯迅的文學，是在民眾性中找到民族的魂魄，我這麼理解。

走著走著，朝向紀念館的方向前行，我總感覺身體置身人群中，卻又在腦海中浮現著一個孤寂的身影。是自己嗎？又或從魯迅那裡借來的某種身體感覺，怕一時都不甚說得清楚了！

這樣的時刻裡，不自覺的便抬起頭來，望著梧桐葉間兀自灑落的冬陽。記起了上一回來時，也是蕭索的冬日，地面飄著的枯萎落葉，像在回應著心頭的默念。我用《野草》卷首的〈題辭〉中所言，「生命的泥委棄在地面上，不生喬木，只生野草，這是我的罪過」，來形容自己踏臨的腳蹤。

進而，便也想起了多年以前的仲夏，最早一次來訪時，不期而遇一個老人在公園入口的人行道上，手持一只裝滿了水的保特瓶，瓶口緊緊的塞著一個海綿活塞，用來當筆尖。他拉開手腳，用打太極拳的架勢，在地上寫著勁道十足的草書。相同的景象，在奧運會前夕的電視廣告片上，也上映過。

活在我們心中的魯迅

唯獨不同的卻是，記憶中那老人在地上寫著、寫著，午后的烈陽隔不久便蒸發了些字跡，這時，就有圍觀的人交頭接耳的嘀咕了起來，急著猜出這地上到底寫了些什麼名堂。

「啊！是毛主席的詩。」沒記錯的話，是在字跡幾乎都快從馬路上消失的前一刻，有人這麼觸人心弦的驚嘆一聲！讓在場所有的目光，都突然專注群集起來，共同凝聚在仲夏日午其實已一無所有的一片柏油路面。

如是，我走著，用盡了魯迅行走於文學之路上的心神，踏上了紀念館的第一個石階。遠遠的，似乎傳來建築工人在鷹架高處，敲打牆釘「噹噹—噹噹—噹噹」的聲響，像極了從勞動者身體內推擠出來的靈魂吶喊！

這吶喊何其沉重！拉著我小知識分子的焦慮穿行於不安的底層。梧桐蕭蕭，我們踏進紀念館，少說也得花個把鐘頭，才會從魯迅的一生中走出來。這一刻，我回頭看一眼上海的天空，一時恍神，還以為家家戶戶的樓宇間，都飛舞著魔毯般的床單，要載我們前去即將於未來的每一瞬間不斷剝落的時空中。那裡活著一位在我們心中的魯迅。

哲人最後的遺容

一九三六年十一月十九日，魯迅因肺結核病逝上海。紀念館外，天空的雲層間時而有陽光露臉，總算驅走了凍冷中的陰霾；紀念館內的最後一站，玻璃展示櫃中安靜的置放著一張白色的臉孔，是石膏面具。無聲無響，是這當下……。而時間就在這沒有聲息的剎那，引發著觀看者靈魂中的陣陣騷動。這石膏臉孔來自魯迅。

魯迅病逝上海寓所，臨終前最後一刻，他的日本友人奧田杏花用石膏取了他的遺容。展示櫃旁的解說文字中，還留下類似「石膏上仍存有魯迅的二十根鬍子和兩根眉毛」的記載。

說來並不是很容易想像。人在嚥下最後一口氣的當下，竟然會有友人以石膏來印取他的遺容。或許，這也就是魯迅給自己的思想課題，只不過由別人來代為執行罷了！不信的話，且聽在《野草》的〈題辭〉中，是這麼開章的：「當我沉默的時候，我覺得充實；我將開口，同時感到空虛。」

對於死亡，魯迅是將肉體的終結與靈魂的抵抗，一體而兩面來看待的，卻又不是死後而新生一類的人道主義式的情懷。而是，死亡存在著難能的機會，讓人明白自己曾經存活過。因此，他接著才繼續說：「死亡的生命已經腐朽，我對於這腐朽有大歡喜，因為我藉此知道牠還非空虛。」

怕是憑著對腐朽竟也生出大歡喜來的非凡體悟吧！魯迅從他已逝去的軀體中翻轉著靈魂的光與影，讓人們探索著活在自己時間中的魯迅，到底是什麼？

這樣想著，於是走出了紀念館，朝著他的舊居步行前去。這一路上，周遭盡是平民進進出出的市場。賣豆腐腦、油條、煎包的小店家，近日午了，還和一旁的書報攤比著誰的生意命長一些。至於街路底的轉彎處，一只生鏽的鐵籠子裡偎集著窩成一攤的雞隻，安順的花彩羽翼，沒透著呼吸的起伏，讓人直朝著牠們已經窒息的不安聯想而去。

騎著單車來逛午市的中年男子，「唧」的一聲，猛握了手剎車一把，在雞販面前氣不喘、臉不紅的停下來，張口就問：「一斤多少？」沒等問完，雞販已經把活蹦亂跳正掙扎著要脫身的雞，拎在手上。這突如其來發生在眼前的情景，總算紓解了我心中的不安，原來那黏在雞皮上的羽毛，鮮活得讓人措手不及。幾絲細細的彩絨，揚在冷冷的空氣中，還真落寞。

故居富有古典現代感的景觀

「沒死，是活的。」我這樣沒頭沒腦的默念著，沒敢吭出聲來。就發現手心裡冒著微微的冷汗，像在嘲笑著自己的幸災樂禍。我連忙朝前走去，頭也不回，怕那賣雞的農婦識破了我的無知。這裡是上海，魯迅故居街頭巷尾的當下場景。

我跨著步走，在梧桐樹下遇見幾位踏著板車的載運工人。他們頭戴著白帽，理應是里鄰的清潔隊員。來不及打個照面，雙腳已踏臨一幢幢老樓房的進口。牆上掛著一只烙著「魯迅上海故居」字樣的鐵製告示牌，從景觀上看來，很有復古的現代感！

走進老樓房的街巷去，這現代感瞬間變得更平民百姓了！魯迅舊居在靠尾的第二家。門口擺著兩株鐵樹，像似在迎著旅人，不因是觀光而閒情於輕薄的腳程。是這樣子的嗎？我也一時沒有其他想法。就感覺那鐵樹的枝葉如刺，一點都沒有要前來的人鬆散進門去的意思。

於是，導覽員來開了門。雅致中帶著某種孤寂氣息的舊居，為一雙雙深思著的眼神，拉開了一幅暗幽的景象，朝著木階樓梯的方向延伸而去。

我聽見了緩重而戒慎的腳步聲，一級又一級的登上了三樓。在靠前窗的房間裡，書桌上留有魯迅記述章太炎老師生平的遺稿……未完的篇章，儘管在時間的長河中流向未知。

另一端便是臨終的那張鐵床，一直就擺在那兒。我細細的凝神望了良久，不斷回憶起紀念館靜謐得幾乎停止的時空中，那張白色的石膏遺容。

就在這冬日午后不算怎麼太寂然的空氣中，仍有腳步聲拾著木階梯而上，像似殷切而無言的追隨者，從時間的此岸朝向另一岸而去，又從另一岸回首到此岸。這時，便有聲音從鐵床頭的枕間傳出來，說：「生命不怕死，在死的面前笑著、跳著，跨過了滅亡的人們向前進。」

這是非比尋常的一天。因為，有著一天的開始，便也得去面臨一個死去的人，到底留給開始什麼樣的啟示？魯迅說，死去是滅亡。活著的得跨過滅亡而前進，這就是「開始」吧！是嗎？我帶著一時的徨惑，心頭想著，無論如何，這是造訪先生生命中最後的寓所時，從記憶中還魂的一株野草，就長在我們不經意便踐踏而過的腳底下。

回想，這一天的早晨，我們趕早便從酒店整裝出發，塔上共乘的巴士，雙眼來回穿梭在車水馬龍的街頭。巴士駛上高架路面，朝右看，一逕是封鎖在輕鋼架和玻璃造型內的摩登高樓，沒能吸引太久的目光。

倒是朝左看，恰有幾棟樓層，錯落在冬日蕭瑟的梧桐樹後，家家戶戶都趁陽光灑落時，在樓房外的竹竿上晾起一張張床單，還真是庶民百姓的日常寫照，就映現在當今國際金融大城的街巷間，令人不能不在心頭凝神久久，不捨拭去。

魯迅形影點燃於心中

這一回的上海，在不甚熟悉的好奇中，有過境的寒流，試探著每一件衣裳底下肌膚的耐寒度。然則，進到紀念館去之前，人們都已備好一雙專注的眼神，預計在分分秒秒的寧靜和騷動中，暖和的去親臨時間另一端的魯迅。

二〇〇八年海峽推湧著波浪，輪班載回冬寒中兀自點燃的火苗，映在火苗間的是……。

輪班已經啟航，朝向植滿木麻黃的海灘。昔時是戰地，於今等候著觀光客的到來：金門，小三通轉機的中繼站。

而下一刻的下一刻，當我們搭乘金門赴台北松山機場的飛機，返回家鄉，必將回憶起這一趟魯迅文學之旅中兀自點燃於心中的火苗。火苗中，映現的是穿梭在彼此眼神之間的魯迅形影。

那麼，此刻海峽之間的邊界在哪裡？我這樣問著自己時，輪班已經穿越沒有邊界的邊界，即將靠岸。

2008 年　《影的告別》一劇，創作於邊城旅行的孤寂想像中。　差事劇團／提供

旅人，從邊城攜回的想像……

「千百年，
從夢的起點到那無邊無盡的終點，
除了晝夜之外，一切都沒有改變。
就是高山、石礫、沙漠、湖泊和綠洲。」
這一席話，我想就只剩是一個旅人在心靈白板上，
如枯木枝椏般的凌亂字跡吧！

旅行歸來。清空後的行李箱，張著硬殼蓋，被隨意置放在客廳的木地板上，沒聲沒息，沒有任何動靜，活像一條失去了水，在岸上停止呼吸的魚。衣物和襪子，堆在浴室門前的角落，統統準備好被丟進洗衣槽裡，等待陣陣的翻攪後，晾曬於島嶼冬陽初臨的陽台竹竿上。

衣領間沾著微微的雪的記憶的藍色大衣，噤默的散躺於角落的一隅，顯得很不帶勁，像一張被疲困給折磨得木然的臉孔，還緊抿著不解的雙脣，不吭氣的問著：「幹麼啊！這種季節到西北的邊城去，冰天凍地，草木蕭索，不見任何景物的美好，難到是為了自討苦吃嗎？」

我沒答腔。逕自瞄了藍衣一眼，想著下一刻如何將它放進洗衣槽裡，和內衣、內褲、毛絨絨的大小襪子一起攪和一翻。

想著的時候，動手翻了衣袋，先是摸到一張撕了截角的硬紙卡，是登機證的存單，順手丟進分類垃圾桶裡。轉了個身，剛拎起皺了邊的衣身，便彷彿聽見什麼聲音似的，帶些沙啞的從另一邊的衣袋傳了出來。

「怎麼回事！什麼聲音……莫非是遠行多日後患了幻聽的毛病……。」兀自，我嘀咕著。

歪一歪不怎麼順暢的硬脖子，這才分明的聽見小窟窿般黑壓壓的袋底有詭異的聲調傳出，起伏跌宕間，話是這麼說的：「千百年，從夢的起點到那無邊無盡的終點，除了晝夜之外，一切都沒有改變。就是高山、石礫、沙漠、湖泊和綠洲。」

旅人的沉思與遐想……

一席話像從緜延數千里、空曠的漠野間傳來的呼喚；又或說，其實是人去樓空的劇場裡，先前的演員所遺留下來，未曾來得及表述的獨白呢？一時之間，讓人無從分辨，除此之外，我想就只剩是一個旅人在心靈白板上，如枯木枝椏般的凌亂字跡吧！

的確，飛航朝西北數千公里，抵達一座古老氣息漸在冰雪融化中退逝的城市時，想像的前方，是由不同的曠野所疊層起來的景象，但，千年一致的，卻是那視線永遠無法抵達的寂靜。如果，一個旅人要在這裡找尋描述心裡底層的象徵，他將如何展開呢？

如何展開呢？是一個旅人對邊城的想像嗎？又或邊城早已在它看似不

變的瞬息變化中，賦予了一個旅人想像的細節。左思右想著，獨自在摩天大樓的旅店十五層房間中，望著落地窗外，突然間就暗下去的天色。遠遠的街道，無聲駛過的車陣，閃爍著照亮前方的頭燈。高樓間，陸續匝起亮光的霓虹燈彩，像似千篇一律的花火陣，綴飾著不斷風起雲湧的市場潮流。

啊！我瞧見了！那夜暗的巷弄間，有一道孤寂的人形背影，披著和我身上一般的藍色大衣，正朝一家路旁

2008 年　亞維儂藝術節《影的告別》　差事劇團／提供

的小店裡隱身而去。「誰呢？」我問，「那麼熟悉的身影。」

談《看不見的城市》拉開行旅的序章

在暖氣令人些許紅潤了臉頰的立燈下，我翻閱著隨身包包中僅有的一本書。美好而準確的中文譯筆為卡爾維諾的《看不見的城市》，如是拉開了序章，其間一段文字這麼描述：「對於一個剛剛抵達這座城市的人而言，它的特殊之處，就是旅人會嫉妒那些此刻相信自己曾經活在同樣的夜晚裡，認為自己當時滿心快樂的人。」

那麼，如卡爾維諾所言，我是嫉妒著曾經在這座城市的某一處窗口前，同我一樣，望見一具朝暗弄隱去的孤絕身影的旅人了！是嗎？當真如此嗎？對於一座冰封的城市，我初始的欲望，竟是以嫉妒起的頭嗎？我，一時不知如何回覆自己。

無論如何，我心中興起了隨那身影隱入暗中的欲念。就在此後的下一刻鐘，我已推開那路旁小店的門，朝頭上戴了一頂白帽的年輕廚師打了聲招呼，點了一盤羊蹄滷味和一瓶伊犁「老窖」，興匆匆的喝了起來。

他朝我微笑著，用深邃如潭的雙眼，頂著高挺的鼻粱，朝我和善的笑著，拎來一只鋁合金的茶壺，倒了一杯熱水給我。沒說話的，又回身看他的電視綜藝節目去了。

「剛剛那穿藍色大衣的客人，這麼快就吃完走啦！」我啜了口酒，好奇的問著。

「誰呀！」他答起話來，挺用氣力的，「沒有穿大衣的啊！就你一個客人啊！」

「噢！是嗎？當我抵達想像的門廊時，想像，早已是欲望中被翻過的一頁章節了！」

這麼想著，我揣著衣袋間那瓶喝不完的「老窖」，朝積著雪的街巷步行回旅店，步履竟不聽指令的蹣跚了起來。

街景映現出來完成劇本中的角色

「在夢想中的城市裡，他正逢青春年少；抵達伊希多拉時，卻已經是個老人。在廣場那頭，老人群坐牆邊，看著年輕人來來去去；他和這些老人坐在一起。欲望已經成為記憶。」

城市醒得很晚。在冬眠中，不願依正常的作息，在該醒的時刻醒來。於是，有旅人的身影如我，在亮著燈的旅店大廳，安靜的享用著中西合璧的早餐。奶油、麵包、荷包蛋後，餐盤上還擺著一塊切半的番薯……我在早餐中，等待黎明。

公車載著暗幽裡，揹著書包上學去的孩童，一雙雙睜大了的、童稚的眼，朝大街的另一頭，消失而去。我來不及收拾起好奇的驚訝。下一刻，就有一個手拎著一只高跟鞋的女人，赤腳踩在冰凍的人行走道上，從落地窗映著光影的外頭，無聲的漫步而過。我心頭一驚，因她是我未完成的劇本中，經常出現在一個船難水手的夢中的角色。

怎麼回事？難道我抵臨了夢中的城市，絲毫未察自己就是那船難的水手？啜飲了一口服務員端到桌面上來的熱騰騰的咖啡，我繼續沒頭沒腦的翻閱著《看不見的城市》的章節，直到遲來的曙光，在明暗間，和城市打了個寒冷的照面。

像似此時，我才清楚的和劇本中的角色劃清了界限。於是，不免回想著，日昨的午后，初初飛抵時，從高空鳥瞰城市時的記憶。

記憶，先是像一張泛黃的宣紙，切割著黑白分明的線條。河川、田地、礦山，再過去不遠的那一大塊，應該是廢棄的一所兵工廠吧！我從飛機的窗口往下望，眼底盡是冰寒中的沉寂，如千百年才緩慢移動些許場景的影像畫面。沉寂中，像也有駱駝隊上，幾些在蒼茫中看不見臉孔的旅行者，在時間的彼岸，朝黃沙大漠，不言不語的行進著。

行進著，在廣漠的時間中灰飛煙滅的旅者，以一股神奇的力量，引導著我的腳蹤，踏上了數千年未曾從地表滅跡的一座城池。寒冬刺骨，城池是無盡的漠野，以及在漠野中堆疊起來的斷垣殘壁，現在，都像一則寓言般，朝我娓娓倒敘著一則廢墟，它永無終止的歲月。

這一天，我在行進中，像似循著一個盲人熟悉的步伐，穿梭在磨刀鋪旁，人聲雜沓的曲巷間。一個炯炯雙眼的士兵，流著一點不帶悲情的淚，親手宰了瘟疫纏身中嗚咽的馬。隔頃後，隨他來到一處深深的水井旁，朝井水的鏡像倒影中，望見正有一截懸在半空中的繩梯，朝向晴朗高空上的一座宮殿，眼前滿滿盡是雕著繁花般的城門。眨眼間，盲人消失。冰冷的空氣中，似乎留下他經久跋涉後，由身體裡散發出來的一股酸酸的體味！

這一日的後來，又有一個瘦瘦的啞女孩，張大她厚厚的雙唇，在高聳如一牆頂天的沙壁頂尖，朝我無聲的吶喊著。伊吶喊著，滿腹的冤情，在時間的長廊中蔓延著，一雙快速行走的腳蹤，突而在望不盡邊際的漠野中消失了形影。

我於是尋著伊留在沙坡上雜亂的腳印，沒頭沒腦的追了過去，才在一片斷崖前，望見伊在凍冷的山壁前哆嗦著的背影。

山壁隱藏著千百年的記憶，是佛像的記憶……都已在外來者的竊奪中，失喪臉孔、身形、手臂，以及眼神的悲和喜……就連那風化中逐漸暗裂而去的色澤，也在啞女驚恐的手指中，一片片剝落在民族集體噩夢的天人交戰中。

廢墟外，殘陽下。天山的雪水在一片漠野的地底運行著。我打了一個盹，千百年的興衰是綿延在時空長河中的一粒石礫。

或許，當我提到城市時，我已經一點一滴的失去她。

現實猶是海市蜃樓

憶起這席話時，我已經駐足在一具乾屍的面前。朝著潔淨的玻璃，透視那橫躺在視線所及的安詳中，無聲無息的穿越兩千年時空的死者。這時，博物館外的廣場上，正飄著細細的雪花，三、五個身材壯碩且透著歡笑氣息的大學生，用他們少數民族腔調的北京話，在雕像前留影。笑聲隔著雙重厚重的玻璃門，朝半空中的雪花，沒聲沒息的隱匿在攝氏零下二十度的城市景象中。

歷經戰爭、祭儀、婚慶、新生和死亡，乾屍優雅的手勢，讓兀自枯萎的手指輕輕繞著幾些髮絲。如果，髮絲是弦，手指輕彈間，該傳來怎樣的弦音呢？邊城，在旅人的想像中，是否正張開經商貿易的眼睛，舉行一場又一場盛大的經貿博覽會。弦音響起，那隱匿在雪中的笑聲，是子夜的博覽會天空閃起的陣陣花火嗎？

一切在臆測與想像間往返。時空太遠，現實變得只剩海市蜃樓的一景，虛幻而不切實際。所以，城市如何被提起呢？當我提起，已一點一滴的失去她。

感謝每一個故事背後……

這本書，成書之際，有一個很值得寫下來作為感謝的故事。故事從我和主編林芝與紀錄片導演黃鴻儒的一趟宜蘭之行開始：

在宜蘭火車站對面，老頑童黃春明大哥開了「百果樹紅磚咖啡屋」。紅磚老樹襯其外，主要還是寫實靈魂的心跳聲，在其內。

說來，已經有很長一段時間，沒去找黃春明大哥了，原本去見他，是要找他幫忙為我的這本書寫序。抵達後，在咖啡屋等候了一陣子，黃大哥來了！他一進門，還沒見到我，就吆喝起我的名字，我便立即想起一九八〇年代中期，在《人間》雜誌工作時，黃大哥偶爾來探班的神色，那麼自在的不服老，不服社會制約……。

終而，很快地，我們坐下來，聽他說話，他一面滔滔不絕的說故事；還沒忘善意地提醒著，左派沒盡當下社會責任的種種……於我，不禁感到汗顏。

接下來，印象最深刻的事情是：當他說著咖啡館經營、寫作、黃大魚兒童劇團與社區人生的很多動人的故事時，我們聽得都出神了！這時，非只導演沒拿起片刻攝影機，主編也沒說相關寫序的任何事。

回程的路上，望著車窗外寒日收割後，綿綿濕雨間的稻野。我突而有了一種明白，是從沒央得黃大哥寫推薦序文而來的。我的明白，就簡單的只是：「在說故事的人面前，序言早已經寫在我們共同的內心裡了！不是嗎？」

這本書的出版，要感謝的人很多。她／他們是：在北京皮村「工友之家」奮鬥、掙扎著創造工人文化的伙伴們；在人生流離的道途中，接受我的訪談的識得或不識得的身影……當然，還有便是將收藏的畫作，毫不藏私地提供出來的諸位朋友。在此就不一一列名了。

另有，至為感謝的便是：將照片無報償的提供給本書的攝影家們，有林舜龍（達達創意）、蔡明德、胡福財、許斌、陳文發、黃鴻儒、關立衡等，在他們的攝影作品中，我閱讀到的是，遠遠比我拙鈍的文字，更形具象化的生命感；對於在參與日本「大地藝術祭」時，攜手前行的台灣藝術家、策展人、顧問，以及日本農民朋友們，在此，也表謝忱！

當然，一起在劇團裡歷經身心風雨的各位，我們前行的道路，「從未抵達，從未放棄」，真心互勉，不說客氣話。

真的。大家的故事的背後是形成這本書，最可貴的字字句句與章章節節。

破牆而出

【我與自閉症、亞斯伯格症共處的日子】

★王浩威、楊思根、張正芬、蔡昆瀛感動推薦

本書不僅描述作者身為自閉症患者的成長經驗，更以專業研究者的眼光，剖析肯納症（自閉症）的人生歷程。

史帝芬．蕭爾⊙著，丁凡⊙譯
CA050/240頁/定價280

以愛之名，我願意

【開啟親密關係的五把鑰匙】

這是一本教導人如何讓感情圓滿的實用指南，資深的心理治療師大衛．里秋，以溫和而精準的語言，帶領讀者展開一趟愛的旅程。

大衛．里秋⊙著，廖婉如⊙譯
CA051/352頁/定價350

德蘭修女

【來作我的光】

本書整理了數十年來德蘭修女寫給神師的多封信件，讀者可以看見她的精神生活演變──包括多年來的神枯──她只與最信任的神師分享的祕密。

布賴恩．克洛迪舒克神父⊙編著，駱香潔⊙譯
CA052/408頁/定價420

我的筆衣罐

【一個肯納青年的繪畫課】

俊余天生無法使用言語溝通，歡喜時，他可以用滿臉笑意表達，但是悲傷難過，甚至感到憤怒時，卻無人知曉。幸好，他有了畫筆，讓人終於看見他內心的美麗世界。

劉俊余⊙圖畫，陳素秋⊙文字
CA053/192頁/定價300

幸福滋味

【傾聽憂鬱的心聲】

★第二屆「浴火重生」另類文學獎得獎作品

★自由時報書介

他們努力和蟄伏體內的疾病共處，借用文字讓我們一窺遭污名化的精障者內心世界。

單題思等⊙合著　CA055/328頁/定價320

拯救莎曼珊

【逃離童年創傷的復原旅程】

受虐兒莎曼珊的不堪記憶，為她帶來憂鬱的後遺症。為了突破生命困境，將自己從人間煉獄中拯救出來，她屢敗屢戰，堅持走出自己的路，讓原生家庭的影響徹底遠離。

莎曼珊．薇佛⊙著，江麗美⊙譯
CA056/272頁/定價300

醫生

本書描寫旅美放射腫瘤科醫生溫碧謙經歷喪子之痛，卻依舊堅守崗位拯救病患，並逐漸領悟生命真諦的感人過程。全書觸及的生死議題，一再撞擊人性深處最細膩微妙的對生死議題的自我檢視。

王竹語⊙著　CA057/216頁/定價250

心靈祕徑【11個生命蛻變的故事】

十一個耀眼的人物，十個動人的故事。透過他們真誠的回顧與分享，我們得以窺見在榮耀與成就的背後，心靈的悲喜、轉折與收穫。

白崇亮、呂旭亞等⊙著　CA059/208頁/定價250

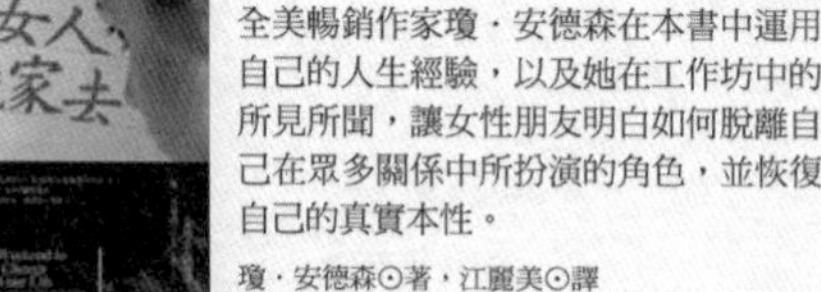

好女人，蹺家去

全美暢銷作家瓊．安德森在本書中運用自己的人生經驗，以及她在工作坊中的所見所聞，讓女性朋友明白如何脫離自己在眾多關係中所扮演的角色，並恢復自己的真實本性。

瓊．安德森⊙著，江麗美⊙譯
CA060/272頁/定價300

遠離悲傷

失去親人的哀傷，每天不斷的在我們之間發生；只是，如何在綿長的往後歲月裡，跟心裡這頭哀傷的野獸共處？本書是作者鄧美玲在丈夫空難驟逝後，悲慟難抑，從死悟生的心路歷程。

鄧美玲⊙著　CA061/288頁/定價300

我愛她也愛他

【18位雙性戀者的生命故事】

作者陳洛葳是台灣第一個雙性戀團體「Bi The Way」發起人之一，她為雙性戀下的定義是，你說你是你就是。她探討社會上的刻板印象、異/同性戀社群各自的「雙性戀恐懼症」，勇敢追求雙性戀者獨特的性別認同。

陳洛葳⊙著　CA062/264頁/定價300

賴其萬醫師的心靈饗宴

★黃達夫、洪蘭、侯文詠推薦！

賴其萬醫師「每月一書」十年功，45篇醫學人文好書深入導讀，一次收錄，開展醫學人文的豐富視野！

賴其萬⊙著　CA063/408頁/定價380

好父母是後天學來的

【王浩威醫師的親子門診】

★洪蘭、李偉文、陳藹玲、張學岑、盧蘇偉推薦！

關於如何當一個好父母這件事，孩子永遠是我們最好的老師！

王浩威⊙著　CA064/264頁/定價280

幸福，從心開始

【活出夢想的十大指南】

★「2007健康好書．閱讀健康」心理健康類推介獎、2007年中小學生優良課外讀物

本書傳授實現願景的十大指南，幫助你勇敢活出夢想、覓得富足的幸福！

栗原弘美、栗原英彰⊙著，詹慕如⊙譯
CA038/224頁/定價250

我埋在土裡的種子

【一位教師的深情記事】

★News98張大春、正聲廣播電台、中廣、飛碟電台專訪報導、大紀元時報書評與書摘、「禪天下」雜誌人物專訪

中學老師林翠華以詩歌、文學、繪畫…，澆灌山海孩子的心靈。

林翠華⊙著 CA039/320頁/定價350

動物生死書（修訂版）

★2007年中小學人文類優良課外讀物！

知名的「寵物教主」杜白醫師，與您分享幫助同伴動物善終的技巧，幫助人們穿越生老病死苦的迷障！

杜白⊙著 CA040/256頁/定價260

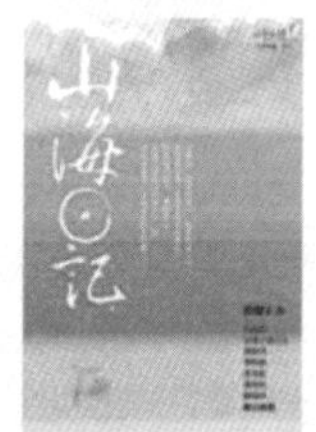

山海日記

★廣播主持人于美人、侯昌明、傅娟等專訪推介

本書記錄了畢業於台大心理系、服替代役的黃憲宇與山海部落孩子們的互動點滴及溫柔心情。

黃憲宇⊙著 CA041/288頁/定價260

微笑，跟世界說再見

★2007年中小學人文類優良課外讀物！

本書充滿真誠的情感、溫暖的筆觸，很快登上美國暢銷書榜，賴其萬教授亦立刻寫專文推介！彼得．巴頓的故事讓我們看見：生命如此美好，死亡也不可懼，悲傷原本就是愛的一部分。

彼得．巴頓、羅倫斯．山姆斯⊙著
詹碧雲⊙譯 CA042/256頁/定價260

遇見100%的愛

★美國2006年度「促進更美好人生之書」及「最佳佛教作品」獎

作者是整合東方靈修傳統與西方心理治療的美國資深心理治療師，也是超個人心理學的前驅，他認為，愛的療癒是一種靈性工作，本書將帶您進入靈性閃亮的愛之旅。

約翰．威爾伍德⊙著，雷叔雲⊙譯
CA043/256頁/定價280

浴火鳳凰

【釋放憂鬱的靈魂】

本書是第一屆「浴火重生」另類文學獎的七篇佳作，更是七個飽受憂鬱症所苦，歷經生死交關，奮力戰勝憂鬱、找回力量的生命故事。

子雲等人⊙合著，文榮光、莊桂香⊙主編
CA044/256頁/定價280

時間的影子

★聯合報讀書人書評、警廣、中央電台專訪

60張畫作、12段故事，從藝術作品逃逸的人物，在不同的城市與荒原，帶您回到那曾被遺忘，卻非常重要的時光…。

盛正德⊙著 CA045/184頁/定價260

鏡之戒

【一個藝術家376天的曼陀羅日記】

★商業周刊、壹周刊、中國時報、聯合報、自由時報等各大媒體專訪

本書是台灣當代藝術四大天王之一的藝術家侯俊明，以曼陀羅畫和自由書寫分享自身走出生命幽谷的心情。

侯俊明⊙著 CA046/204頁/定價350

幸福企業的十五堂課

★康健雜誌專訪，理財周刊、大紀元時報書介

知見心理學創始人恰克博士，集結三十五年研究成果與豐富企業諮商經驗，分析成功歷程的困境與陷阱，帶你找到自己與企業的使命！

恰克．史匹桑諾⊙著，王嘉蘭⊙譯
CA047/272頁/定價280

那些動物教我的事

【寵物的療癒力量】

★美國國家健康情報獎銀牌獎，亞馬遜網路書店五顆星推薦！

美國知名獸醫以自身患病經驗、周遭動人故事及大量科學研究，說明寵物具有幫助人類對抗疾病的療癒力，並提供夢幻寵物教戰守則及檢測表格，幫助你選擇速配的寵物。

馬提．貝克、德娜麗．摩頓⊙著，廖婉如⊙譯
CA048/352頁/定價380

美麗人生練習本

【通往成功的100堂課】

恰克博士在本書中提供了一百則成功心理術，藉由原理、故事和練習，引導你實現你心中的成功地圖，打造專屬於你的美麗人生！

恰克．史匹桑諾⊙著，吳品瑜⊙譯
謝文宜⊙審閱 CA049/224頁/定價250

國家圖書館出版品預行編目（CIP）資料

靠左走：人間差事／鍾喬著；
-- 初版 . -- 臺北市：心靈工坊文化，2013.02
面； 公分 .--（Caring；071）
ISBN 978-986-6112-64-5（平裝）

855 101027173

靠左走：人間差事

作者—鍾喬

出版者—心靈工坊文化事業股份有限公司
發行人—王浩威 諮詢顧問召集人—余德慧
總編輯—王桂花 企劃主編—林芝
執行編輯—林依秀 內頁排版・封面設計—黃玉敏
通訊地址—106 台北市信義路四段 53 巷 8 號 2 樓
郵政劃撥—19546215 戶名—心靈工坊文化事業股份有限公司
電話—02）2702-9186 傳真—02）2702-9286
Email—service@psygarden.com.tw 網址—www.psygarden.com.tw

製版・印刷—中茂分色製版印刷事業股份有限公司
總經銷—大和書報圖書股份有限公司
電話—02）8990-2588 傳真—02）2990-1658
通訊地址—248 新北市五股工業區五工五路二號
初版一刷—2013 年 2 月 定價—350 元
ISBN—978-986-6112-64-5

心靈工坊 PsyGarden 書香家族 讀友卡

感謝您購買心靈工坊的叢書，為了加強對您的服務，請您詳填本卡，
直接投入郵筒（免貼郵票）或傳真，我們會珍視您的意見，
並提供您最新的活動訊息，共同以書會友，追求身心靈的創意與成長。

書系編號—CA 071　　書名—靠左走：人間差事

姓名　　是否已加入書香家族？□是　□現在加入

電話（O）　（H）　手機

E-mail　　生日　年　月　日

地址 □□□

服務機構（就讀學校）　　職稱（系所）

您的性別—□ 1. 女　□ 2. 男　□ 3. 其他

婚姻狀況—□ 1. 未婚 □ 2. 已婚 □ 3. 離婚 □ 4. 不婚 □ 5. 同志 □ 6. 喪偶 □ 7. 分居

請問您如何得知這本書？

□ 1. 書店　□ 2. 報章雜誌　□ 3. 廣播電視　□ 4. 親友推介　□ 5. 心靈工坊書訊　□ 6. 廣告 DM　□ 7. 心靈工坊網站　□ 8. 其他網路媒體　□ 9. 其他

您購買本書的方式？

□ 1. 書店　□ 2. 劃撥郵購　□ 3. 團體訂購　□ 4. 網路訂購　□ 5. 其他

您對本書的意見？

封面設計	□ 1. 須再改進	□ 2. 尚可	□ 3. 滿意	□ 4. 非常滿意
版面編排	□ 1. 須再改進	□ 2. 尚可	□ 3. 滿意	□ 4. 非常滿意
內容	□ 1. 須再改進	□ 2. 尚可	□ 3. 滿意	□ 4. 非常滿意
文筆／翻譯	□ 1. 須再改進	□ 2. 尚可	□ 3. 滿意	□ 4. 非常滿意
價格	□ 1. 須再改進	□ 2. 尚可	□ 3. 滿意	□ 4. 非常滿意

您對我們有何建議？

廣 告 回 信
台北郵局登記證
台 北 廣 字
第 1143 號
免 貼 郵 票

10684 台北市信義路四段 53 巷 8 號 2 樓

讀者服務組　收

免　貼　郵　票

（對折線）

加入心靈工坊書香家族會員
共享知識的盛宴，成長的喜悅

請寄回這張回函卡（免貼郵票），
您就成為心靈工坊的書香家族會員，您將可以——

隨時收到新書出版和活動訊息

獲得各項回饋和優惠方案